COLLECTION FOLIO

Vladimir Nabokov

La transparence des choses

Traduit de l'anglais
par Donald Harper
et Jean-Bernard Blandenier

Gallimard

Titre original :

TRANSPARENT THINGS

Vladimir Nabokov est né le 23 avril 1899 à Saint-Pétersbourg, au 47, rue Morskaïa (actuellement rue Herzen), dans un milieu aristocratique libéral et anglophile. Fils aîné d'une famille de cinq enfants, Vladimir Nabokov bénéficie, avec ses frères et sœurs, d'une éducation trilingue. Ce trilinguisme de l'enfance sera déterminant pour son œuvre d'écrivain russe puis américain. L'auteur voyage au tout début du siècle en Europe avec ses parents, découvre la passion des lépidoptères et des échecs, le bonheur de vivre à proximité d'une « bibliothèque de dix mille ouvrages ». Entre 1911 et 1917, il suit les cours de l'Institut Ténichev à Saint-Pétersbourg, et sa première œuvre, un recueil de poèmes imprimé à cinq cents exemplaires, paraît à titre privé en 1916.

La Révolution de 1917 interrompt brutalement cette enfance idyllique. Le père de l'auteur, Vladimir Dmitriévitch Nabokov, éminent juriste et fils d'un ancien ministre de la Justice, était membre du Parti constitutionnel démocrate et de la première Douma de 1906 (le premier et éphémère parlement russe).

Opposant déterminé au despotisme du tsar, il avait connu la prison en 1908. Au début de 1917, il fait partie du Gouvernement provisoire de Kérenski et de la nouvelle Assemblée constituante. La révolution d'Octobre contraint les Nabokov à se réfugier d'abord en Crimée. Le 15 avril 1919, la famille quitte définitivement la Russie à destination de Londres.

Entre 1919 et 1922, Vladimir Nabokov étudie les littératures russe et française à Cambridge (Trinity College). Son père, qui s'est installé à Berlin avec le reste de sa famille pour diriger avec Hessen le journal émigré *Roul'*, est assassiné par des fascistes russes en mars 1922. C'est dans ce journal de Berlin, ainsi que dans les journaux russes émigrés de Paris, que Nabokov fait paraître des poèmes, des articles critiques, des traductions du français ou de l'anglais, puis ses premières nouvelles et des extraits de ses premiers romans.

À partir de 1923, avec la parution de sa traduction russe d'*Alice au pays des merveilles*, puis de ses propres romans, en particulier *La défense Loujine* (1930), *Chambre obscure* (1932), *La méprise* (1936) et surtout *Le don* (1937), Nabokov s'impose comme le plus exceptionnel romancier russe de son temps. Résident berlinois de 1922 à 1937, l'auteur, qui a épousé Véra Evséievna Slonim le 15 avril 1925, s'installe, pour fuir le nazisme, à Paris au début de 1937, où certains de ses livres ont dejà été traduits en français.

L'écrivain polyglotte, qui signait ses ouvrages russes du pseudonyme de Sirine, commence à se métamorphoser en un écrivain de langue anglaise. Après avoir traduit, non sans les remanier, deux de ses romans russes en anglais, *La méprise* qui devient *Despair* (Londres, 1937) puis *Chambre obscure* rebaptisé *Laughter in the Dark* (New York, 1938), Nabokov écrit à Paris en 1938 son premier roman de langue anglaise, *La vraie vie de Sebastian Knight,* qui paraîtra seulement en 1941, soit un an après son arrivée en Amérique, le 28 mai 1940. Toute l'œuvre romanesque de Nabokov sera désormais écrite en anglais.

Nommé professeur associé à Stanford University en 1941, il accepte ensuite un poste d'entomologiste au Museum of Comparative Zoology de Harvard, tout en donnant des conférences de littérature à Wellesley College. L'amitié et le soutien d'Edmund Wilson et de Mary McCarthy, puis des responsables du *New Yorker*, lui permettent d'acquérir une audience qu'il n'avait jamais espérée. Nommé professeur de littérature à Cornell University en 1948, il donne des conférences sur « les grands maîtres européens du roman », et cela jusqu'en 1959, un an après le succès de scandale de *Lolita* (publié d'abord en anglais à Paris, par Olympia Press, en 1955), qui lui permet de vivre de sa plume et fait découvrir une œuvre immense.

En 1961, il s'installe au Montreux Palace, en Suisse, où il écrira, en outre, ces chefs-d'œuvre que sont *Feu pâle* et le monumental *Ada,* publié à l'occasion de son soixante-dixième anniversaire. Maître d'œuvre d'une célèbre traduction anglaise d'*Eugène Onéguine* de Pouchkine, Nabokov a retraduit en anglais certains de ses romans et nouvelles russes, avec la collaboration de son fils, et poursuivi une carrière de lépidoptérologiste qui lui valut l'admiration de ses pairs. Ses collections sont, pour l'essentiel, conservées dans les musées de Cornell University, de Harvard et de Lausanne. L'auteur est mort le 2 juillet 1977 à Montreux.

À Véra

CHAPITRE PREMIER

Voici la personne que je veux. Salut, personne ! Elle ne m'entend pas.

Peut-être que si le futur existait, concrètement et individuellement, sous une forme qu'un bon cerveau pût discerner, le passé offrirait moins de séductions : ses attraits s'équilibreraient avec ceux du futur. Des « personnes » pourraient alors se jucher sur le pivot de la bascule pour examiner tel ou tel objet. Ce serait peut-être drôle.

Mais le futur n'a pas cette réalité (que le présent possède et le passé projette) ; il n'est qu'une figure de rhétorique, un fantasme de la pensée.

Salut, personne ! Qu'est-ce qu'il y a ? Laissez-moi tranquille ! Mais *non*, je ne l'embête pas. Bon, d'accord. Salut, personne (cette dernière fois, d'une toute petite voix)...

Lorsque *nous* nous concentrons sur un objet matériel, où qu'il se trouve, le seul fait d'y prêter attention peut nous amener à nous enfoncer involontairement dans son histoire. Les néophytes doivent apprendre à glisser au ras de la matière s'ils veulent que celle-ci demeure au niveau précis du moment. Transparence des choses, à travers lesquelles brille le passé !

Il est particulièrement difficile de ne pas crever la surface des objets donnés par la nature ou fabriqués par l'homme, objets inertes par essence, mais que la vie, insouciante, use beaucoup (vous évoquez, et fort justement, une pierre à flanc de coteau lestement foulée au cours d'innombrables saisons par des myriades de bestioles). Les néophytes s'enfoncent en fredonnant joyeusement et bientôt se délectent, avec un ravissement puéril, de l'histoire de cette pierre-ci, de cette bruyère-là. Je m'explique : un mince vernis de réalité immédiate recouvre la matière, naturelle ou fabriquée, et quiconque désire demeurer dans le présent, avec le présent, sur le présent, doit prendre garde de n'en pas briser la tension superficielle. Sinon, le faiseur de miracles inexpérimenté cesse de marcher sur les eaux pour descendre debout parmi les poissons ébahis. La suite dans un instant.

CHAPITRE DEUX

Tandis que la personne, Hugh Person (corruption de « Peterson », que certains prononcent « Parson »), cherchant à extraire sa masse anguleuse du taxi qui l'avait transporté de Trux à cette minable station de montagne, baissait encore la tête dans une ouverture qui aurait tout juste permis à des nains de sortir, ses yeux se levèrent – non pas pour remercier le chauffeur d'avoir esquissé un geste serviable en lui ouvrant la porte, mais pour confronter l'aspect de l'hôtel Ascot (Ascot !) à un souvenir vieux de huit ans (un cinquième de sa vie) et teinté de chagrin. L'affreuse bâtisse de pierre grise et de bois brun arborait des volets rouge cerise (tous n'étaient pas fermés) que sa mémoire, par une malice mnémoptique, avait colorés en vert pomme. Des lanternes de voiture à cheval, munies d'ampoules électriques et fixées sur des montants de fer, flanquaient les marches du perron. Dévalant ces marches, un valet en tablier s'empara des deux valises et de la boîte de chaussures (qu'il coinça sous son bras) prestement sorties du coffre arrière béant par le chauffeur. Person paya le preste chauffeur.

Le hall d'entrée, méconnaissable, était à coup sûr plus sordide que jamais.

À la réception, en inscrivant son nom dans le registre et en remettant son passeport, il demanda en français, en anglais, en allemand et encore en anglais, si le vieux Kronig, le directeur dont il se rappelait si bien la grosse figure et la fausse jovialité, était toujours là.

La réceptionniste (chignon blond, cou gracieux) dit que non, M. Kronig était parti diriger, imaginez-vous, le Fantastic à Boire (c'est du moins ce qu'il crut entendre). Elle lui tendit, en guise d'explication ou de preuve, une carte postale bleu ciel et vert gazon montrant des clients étendus sur des chaises longues. De la légende en trois langues, seul le texte allemand était correct. La phrase anglaise disait: *Lying Lawn* – et, comme par un fait exprès, une perspective mensongère avait monstrueusement allongé la pelouse.

« Il est décédé l'année dernière », ajouta la jeune femme (qui, vue de face, ne ressemblait pas le moins du monde à Armande), ce qui coupa court à l'intérêt qu'aurait pu présenter une photo en couleurs du Majestic à Coire.

« Il n'y a donc personne qui puisse se souvenir de moi ?

— Je regrette », dit-elle, du ton habituel de feu Mrs. Person.

Elle regrettait également, puisqu'il ne pouvait lui dire *quelle* chambre au troisième étage il avait occupée, d'être incapable de la lui donner ; d'ailleurs, l'étage était plein. Person, se pressant le front d'une main, dit qu'elle avait un numéro voisin de trois cent cinquante et donnait à l'est ; le soleil lui souhaitait la bienvenue sur sa descente de lit, bien qu'elle n'eût pratiquement aucune vue. Il en avait très envie, mais la loi exigeait la destruction des registres lorsqu'un directeur, même un ex-directeur, avait agi comme Kronig (le suicide était apparemment assimilé à une forme de comptabilité frauduleuse). L'assistant de la réceptionniste, un beau jeune homme en noir avec des pustules sur et sous le menton, conduisit Person à une chambre au quatrième. Durant toute la montée, il ne cessa de fixer, comme un téléspectateur absorbé devant son poste, la paroi bleuâtre et nue qui glissait vers le bas, tandis que, d'autre part, le miroir de l'ascenseur, non moins fasciné, reflétait dans un intervalle de lucidité le monsieur du Massachusetts dont la longue, maigre et triste figure, la mâchoire légèrement prognathe, la bouche encadrée de plis symétriques, auraient pu appartenir à un homme rude, adonné au cheval et à la montagne, si la mélancolie émanant de ses épaules voûtées n'avait démenti chaque pouce de cette fantastique majesté.

La chambre donnait bien à l'est, mais elle avait aussi une vue : à savoir, un gigantesque cratère où fourmillaient des excavatrices (silencieuses le samedi après-midi et le dimanche toute la journée).

Le valet au tablier vert pomme apporta les deux valises et le carton avec « Fit » sur le papier d'emballage. Après quoi, Person demeura seul. Que l'hôtel fût vieillot, il le savait, mais à ce point ! La belle chambre au quatrième, bien que trop vaste pour un client et trop exiguë pour un groupe, manquait de toute espèce de confort. Il se rappelait que la chambre au-dessous, dans laquelle lui, robuste garçon de trente-deux ans, avait pleuré plus souvent et plus amèrement que pendant toute sa triste enfance, était – quoique aussi laide – moins démesurément longue et encombrée que son nouveau logis. Le lit était un cauchemar. La « salle de bains » possédait un bidet (assez large pour recevoir le séant d'un éléphant de cirque), mais pas de baignoire. Le couvercle de la cuvette refusait de rester relevé. Le robinet faisait des remontrances et crachait un violent jet d'eau couleur de rouille avant de s'assagir et de débiter l'humble produit normal – que l'on n'apprécie pas suffisamment, qui est un mystère liquide, et qui mérite, oui, parfaitement, qu'on lui érige des monuments, des sanctuaires de fraîcheur ! En sortant de cet ignoble cabinet de toilette, Hugh ferma doucement la porte derrière lui, mais, à l'instar d'un stupide animal familier, elle gémit et le suivit aussitôt dans la chambre. Illustrons maintenant nos difficultés au moyen d'un exemple !

CHAPITRE TROIS

À la recherche d'une commode pour ranger ses affaires, Hugh Person, homme d'ordre, remarqua que le tiroir du milieu d'un vieux bureau relégué dans un coin obscur de la pièce et servant de support à une lampe sans ampoule ni abat-jour semblable à une carcasse de parapluie, n'avait pas été repoussé correctement par celui qui, client ou domestique (en réalité, ni l'un ni l'autre), avait en dernier lieu vérifié s'il était vide (personne ne l'avait fait). Notre brave Hugh essaya de l'enfoncer en le secouant ; d'abord, le tiroir refusa de bouger, puis, sous l'effet antagonique d'une saccade fortuite (qui ne pouvait manquer de bénéficier de l'énergie accumulée par plusieurs tentatives inverses), il s'ouvrit brusquement et vomit un crayon. Hugh le contempla un instant avant de le remettre en place.

Ce n'était pas une beauté hexagonale en genévrier de Virginie ou en cèdre d'Afrique, avec le nom du fabricant estampillé à la feuille d'argent, mais un vieux crayon tout ce qu'il y a d'ordinaire, rond, techniquement sans visage, en pin bon marché couleur lilas sale. Il avait été égaré dix ans plut tôt par un menuisier qui n'avait pas fini d'examiner – et à plus forte raison d'arranger – le vieux bureau, étant parti chercher un outil qu'il ne trouva jamais. Voici le moment de prêter attention.

Dans l'atelier du menuisier et longtemps auparavant, à l'école communale, le crayon a été usé aux deux tiers de sa longueur d'origine. Le bois nu de sa pointe a foncé jusqu'à prendre la teinte plombée d'un pruneau et se confondre avec la mine de graphite émoussée, qui ne diffère de lui que par son lustre aveugle. Un couteau et un taille-crayon en laiton l'ont minutieusement travaillé, et nous pourrions au besoin retracer le sort compliqué de ses rognures, chacune mauve d'un côté et bistre de l'autre tant qu'elles étaient fraîches, mais maintenant réduites à des atomes de poussière, tellement, tellement dispersées que la panique nous oblige à reprendre notre souffle ; mais soyons au-dessus de cela, on s'y habitue assez tôt (il y a des terreurs pires). Dans l'ensemble, ce crayon se taillait aisément, étant d'une fabrication démodée. Si l'on remonte dans le passé un certain nombre de saisons (sans reculer toutefois jusqu'à l'année de naissance de Shakespeare, qui coïncide avec la découverte de la mine de plomb) et que l'on reprend l'histoire de l'objet dans la direction du présent, nous voyons des jouvencelles et des vieillards mélanger du graphite moulu finement à de l'argile humide. Cette masse, ce caviar pressé, est placé dans un cylindre de métal pourvu d'un œil bleu, un saphir percé d'un trou à travers lequel le caviar est forcé. Il en débouche une petite barre continue et appétissante (guettez notre petit ami !) qui a l'air d'avoir conservé la forme du tube digestif d'un ver de terre (guettez, guettez, ne vous laissez pas distraire !). On la coupe maintenant en tronçons de la longueur prévue pour ces crayons-ci (nous apercevons le coupeur, le vieil Elias Borrowdale, et sommes sur le point de faire un petit crochet pour remonter son avant-bras, mais nous nous arrêtons, nous nous arrêtons et sautons en arrière, dans notre hâte à identifier ce segment particulier). On la fait cuire, on la fait bouillir dans de la graisse (ici une vue du donneur de graisse laineux que l'on égorge, du boucher, du berger, du père du berger, un Mexicain), on l'ajuste dans le bois.

Maintenant, ne perdons pas notre précieux petit morceau de plomb pendant que nous préparons le bois. Voici l'arbre ! *Ce pin-ci !* Il est abattu. Seul le tronc est utilisé, dépouillé de son écorce. Nous entendons la plainte d'une scie mécanique récemment inventée, nous voyons les tronçons que l'on sèche et rabote. Voici la planche qui fournira la gaine du crayon dans le tiroir peu profond (pas encore refermé). Nous reconnaissons sa présence dans le tronçon comme nous avons reconnu le tronçon dans l'arbre et l'arbre dans la forêt, et la forêt dans ce monde où le passé s'accumule. Nous reconnaissons cette présence à cause de quelque chose qui nous est parfaitement clair mais qui n'a pas de nom, et qui est aussi impossible à décrire qu'un sourire à qui n'a jamais vu des yeux sourire.

Ainsi donc, tout le petit drame, du carbone cristallisé et du pin abattu à cet humble instrument, à cette chose transparente, se déroule en un clin d'œil. Hélas, le crayon fini lui-même, tel que Hugh l'a un instant tenu entre ses doigts, continue à nous échapper d'une façon ou d'une autre ! Mais *lui* ne nous échappera pas, oh ! non !

CHAPITRE QUATRE

C'était son quatrième voyage en Suisse. Lors du premier, dix-huit ans plus tôt, il avait passé quelques jours à Trux avec son père. Dix années plus tard, âgé de trente-deux ans, il était revenu dans cette vieille bourgade au bord du lac et avait recherché avec insistance (et ressenti) un frisson sentimental, mi-étonnement, mi-remords, en allant voir leur hôtel. Le train omnibus l'avait déposé au niveau du lac dans une gare dépourvue de tout caractère. Un raidillon, puis un vieil escalier menaient à l'hôtel. Il avait retenu son nom, Locquet, parce qu'il ressemblait à celui de sa mère, une Canadienne française à qui Person père ne devait même pas survivre une année. Il se souvenait aussi que l'hôtel, morne et sordide, faisait piètre figure à côté de son voisin, un établissement de catégorie bien supérieure à travers les fenêtres duquel, au rez-de-chaussée, on distinguait les fantômes de tables pâles et de serveurs sous-marins. Ces deux hôtels avaient disparu et à leur place se dressait la Banque Bleue, un édifice d'acier, tout en surfaces polies, glaces et plantes vertes.

Il avait dormi dans une sorte d'alcôve qui n'en était pas tout à fait une, séparée du lit de son père par un arc cintré et un portemanteau sur pied. La nuit est toujours une géante – mais ici elle était particulièrement terrible. Hugh avait toujours eu sa propre chambre à la maison ; il détestait cette fosse commune du sommeil ; il espérait, sans trop se faire d'illusions, que la promesse d'une chambre à part serait tenue au cours des prochaines étapes de leur tour de Suisse, qui miroitait dans une brume diaprée. Son père, un homme de soixante ans, plus petit et plus replet que Hugh, avait depuis son récent veuvage vieilli de façon peu ragoûtante ; ses effets dégageaient un fumet particulier, discret mais indéniable, et pendant son sommeil il poussait des soupirs et des grognements en rêvant à de gros blocs d'obscurité rebelles qu'il devait trier et écarter de son chemin ou au contraire escalader dans des postures horriblement douloureuses imposées par son impuissance et son désespoir. Nous n'avons pu trouver, dans les annales des tours d'Europe recommandés par les médecins de famille à de vieux retraités pour soulager leur chagrin solitaire, un seul exemple de réussite.

Le vieux Person avait toujours été maladroit de ses mains, mais depuis peu sa manière de tâter l'espace et d'y poursuivre, comme dans l'eau d'une baignoire, le savon transparent de la matière fugitive, ou de s'efforcer de nouer ou de dénouer celles des parties d'un objet manufacturé qui devaient être attachées ou détachées, devenait franchement comique. Hugh avait quelque peu hérité de cette gaucherie; son exagération chez son père lui causait l'agacement d'une parodie continuellement répétée. Le matin de son dernier jour dans ladite Suisse (c'est-à-dire très peu de temps avant l'événement qui ferait que, pour lui, tout serait dit), le vieux godiche se débattit avec le store à lamelles de sa fenêtre pour voir quel temps il faisait; il parvint tout juste à entrevoir la chaussée trempée avant que le store ne s'abattît dans un fracas d'avalanche; il décida alors de prendre son parapluie, mais, comme celui-ci avait été mal plié, il se mit à l'arranger. Au début, Hugh le regarda faire dans un silence écœuré, les narines dilatées et frémissantes. Ce dédain n'était pas mérité, car bien des choses existent, depuis les cellules vivantes jusqu'aux astres morts, qui subissent de temps à autre de petites mésaventures fortuites dues aux mains pas toujours habiles ou soigneuses de leurs auteurs anonymes. Il fallut désenchevêtrer les pans noirs qui se chevauchaient en désordre, et, lorsque enfin le minuscule cercle de l'attache (qu'il tenait entre le pouce et l'index) fut prêt, le bouton avait disparu parmi les plis et les sillons de l'espace. Après avoir observé un certain temps ces tâtonnements ineptes, Hugh arracha le parapluie des mains de son père si brusquement que celui-ci continua un moment à pétrir l'air avant de réagir par un doux sourire à l'intempestive discourtoisie. Toujours sans piper mot, Hugh plia et boutonna brutalement le parapluie – qui, à dire vrai, n'acquit pas une forme meilleure que celle que son père aurait fini par lui donner.

Quels étaient leurs projets pour la journée ? Ils prendraient leur petit déjeuner là où ils avaient dîné la veille, procéderaient à diverses emplettes, puis visiteraient de nombreuses curiosités du pays. La cascade de Tara, un miracle de la nature dans les environs, était peinte sur la porte des cabinets dans le couloir, et reproduite sur le mur du vestibule sous la forme d'une immense photographie. Le docteur Person s'arrêta à la réception pour demander s'il avait du courrier (non qu'il en attendît) et comme toujours fit des embarras. Après un bref coup d'œil, on extirpa un télégramme adressé à une Mrs. Parson... mais rien pour lui, sauf l'émotion vite calmée d'une quasi-coïncidence. Par hasard, un centimètre de tailleur, enroulé, se trouvait près de son coude : il commença à prendre la mesure de sa taille, qu'il avait épaisse, perdant plusieurs fois le bout du ruban tandis qu'il faisait part au concierge taciturne de son intention d'acheter en ville un pantalon d'été et de son désir d'agir avec lucidité. Ce baratin fut si insupportable à Hugh qu'il se dirigea vers la sortie avant que le ruban gris n'ait été réenroulé.

CHAPITRE CINQ

Après le petit déjeuner, ils trouvèrent un magasin approprié. Confections. Notre vente triomphale de soldes. *Our windfall triumphantly sold*, traduisit son père. Hugh rectifia avec une lassitude dédaigneuse. Devant la vitrine, un panier rempli de chemises pliées et monté sur un trépied de fer était exposé à la pluie, qui tombait de plus en plus dru. Il y eut un coup de tonnerre. Entrons, proposa craintivement le docteur Person – sa peur des orages était une cause d'irritation supplémentaire pour son fils.

Ce matin-là, Irma, une vendeuse surmenée et soucieuse, était seule à s'occuper du minable magasin de vêtements dans lequel Hugh suivit à contrecœur son père ; les deux autres employés, un couple marié, venaient d'être hospitalisés à la suite d'un incendie dans leur petit logement, le patron faisait un voyage d'affaires et les clients étaient inhabituellement nombreux pour un jeudi. En ce moment, elle aidait trois femmes âgées (arrivées de Londres en car avec un groupe) à se décider, tout en indiquant à une Allemande blonde vêtue de noir où aller pour des photos de passeport. L'une après l'autre, les vieilles Anglaises étalèrent la même robe ornée de fleurs imprimées sur leur poitrine, et le docteur Person s'empressa de traduire leur caquetage cockney en mauvais français. La jeune femme en deuil revint chercher un paquet oublié. On déploya d'autres robes, on loucha sur d'autres étiquettes. Une cinquième cliente survint, accompagnée de deux petites filles. Entre-temps, le docteur Person demanda un pantalon. On lui en donna plusieurs à essayer en lui indiquant un petit cagibi, et Hugh en profita pour se glisser hors de la boutique.

Il erra sans but, s'abritant sous divers encorbellements, car c'est en vain que le quotidien de cette ville pluvieuse avait fait campagne pour la construction d'arcades dans les rues commerçantes. Hugh examina les articles d'un magasin de souvenirs. Il trouva plutôt aguichante une figurine verte – une skieuse – dont il ne put identifier la matière à travers la glace de la vitrine (il s'agissait d'« albâtrette », une imitation d'aragonite, taillée et coloriée dans la prison de Grumbel par un condamné homosexuel, le rude Armand Rave, qui avait étranglé la sœur incestueuse de son petit ami). Et ce peigne dans un étui de cuir véritable ? Oui, ce peigne ? Oh ! il se salirait vite et il faudrait une heure de travail pour enlever la crasse qui s'accumulerait entre ses dents rapprochées à l'aide d'une des lames du canif qui se hérissait là-bas dans un déploiement d'insolentes entrailles. Mignonne, cette montre-bracelet avec un toutou sur le cadran

– et pour vingt-deux francs seulement. Mais peut-être qu'il vaudrait mieux acheter (pour son compagnon de chambre à l'université) ce plat en bois, avec, au milieu, une croix blanche entourée des vingt-deux cantons. C'est que Hugh avait vingt-deux ans et qu'il avait toujours été sensible aux concordances de symboles.

Un tintement de cloche et le clignotement d'un feu rouge au passage à niveau annoncèrent un événement imminent : inexorablement la barrière s'abaissa.

Le rideau marron, à moitié tiré seulement, révélait les jambes élégantes, gainées de noir transparent, d'une femme assise à l'intérieur. Nous sommes diablement pressés de ressaisir ce moment-là ! C'est le rideau d'une cabine sur le trottoir, dans laquelle sont placés une sorte de tabouret de piano, pour les grands et les petits, et un appareil à sous permettant de prendre soi-même une photographie de soi – pour son passeport ou pour son plaisir. Hugh lorgna les jambes puis l'écriteau sur la cabine. La terminaison masculine et l'absence d'accent aigu gâtaient le jeu de mot involontaire :

3 Photos
Poses

Tandis que Hugh, encore puceau, se représentait ces poses osées, un double événement se produisit ; le tonnerre d'un train qui ne s'arrêtait pas, et un éclair de magnésium dans la cabine. Loin d'avoir été électrocutée, la blonde vêtue de noir sortit tranquillement en refermant son sac à main. L'enterrement qu'elle désirait commémorer par l'aspect d'une blonde beauté parée de crêpe pour l'occasion n'avait aucun rapport avec un troisième événement qui se déroulait simultanément tout à côté.

On devrait la suivre, ce serait une bonne leçon : la suivre au lieu d'aller béer d'admiration devant une cascade. Une bonne leçon pour le vieux Person ! Sacrant et soupirant, Hugh revint sur ses pas – élégante métaphore, jadis – et retourna à la boutique. Plus tard, Irma dit à ses voisins qu'elle s'était figuré que le monsieur était parti avec son fils, car, au début, elle n'arrivait pas à comprendre ce que disait ce dernier, bien qu'il parlât couramment le français. Quand elle finit par saisir, elle rit de sa propre bêtise, mena rapidement Hugh à la cabine d'essayage, et, toujours riant à belles dents, écarta le rideau vert, pas brun, d'un geste qui, rétrospectivement, prit un aspect dramatique. Le bouleversement et la désorganisation de l'espace ont toujours un côté cocasse : peu de choses sont plus drôles que trois pantalons enchevêtrés par terre en une danse figée – toile brune, blue-jean et vieille flanelle grise. Le maladroit Person père essayait tant bien que mal d'enfoncer un pied chaussé dans le zigzag d'une étroite jambe de pantalon lorsque tout dans sa tête devint rouge et rugissant. Il mourut avant de toucher le plancher, comme s'il était tombé d'une grande hauteur – et maintenant il gisait sur le dos, un bras tendu, son parapluie et son chapeau hors de portée dans le miroir en pied.

CHAPITRE SIX

Cet Henry Emery Person, le père de notre Person, pourrait être dépeint soit sous les traits d'un brave petit bonhomme plein de bonnes intentions, soit sous ceux d'un misérable imposteur, selon l'angle de l'éclairage et la position de l'observateur. Dans le tréfonds du remords, dans le donjon de l'irréparable, comme on se tord les mains de désespoir ! Un écolier, fût-il aussi fort que l'Étrangleur de Boston (montrez vos mains, Hugh !), ne peut se mesurer avec tous ses condisciples quand ils ne cessent de brocarder cruellement son père. Après s'être battu gauchement à deux ou trois reprises avec les plus haïssables d'entre eux, il adopta une attitude plus habile et moins glorieuse, un silence semi-approbateur qui l'horrifiait lorsqu'il évoquait cette période ; cependant, par une singulière déformation de la conscience, le fait de se rendre compte de sa propre horreur constituait un motif de réconfort, car cela prouvait qu'il n'était pas entièrement un monstre. Maintenant, il lui fallait s'occuper d'un certain nombre de méchancetés dont il s'était, jusqu'à ce jour même, rendu coupable ; s'en débarrasser s'avéra aussi douloureux que cela l'avait été pour le dentier et les lunettes que les autorités lui avaient remis dans un sac en papier. Le seul membre de la famille qu'il put consulter, un oncle qui habitait Scranton, l'engagea, par-dessus l'océan, à faire incinérer le corps en Suisse plutôt que de l'expédier en Amérique ; en vérité, la voie la moins recommandée se révéla la plus facile à de nombreux égards, surtout parce qu'elle permit à Hugh de se défaire pratiquement sur-le-champ de l'épouvantable objet.

Tout le monde fut très serviable. On aimerait en particulier témoigner sa reconnaissance à Harold Hall, le consul des États-Unis en Suisse, qui fit tout son possible pour assister notre malheureux ami.

Des deux frissons de plaisir que ressentit Hugh, l'un était d'ordre général, l'autre d'ordre spécifique. Un sentiment général de libération vint d'abord, une forte brise, extatique et pure, qui balaya une bonne partie des pourritures de la vie. Spécifiquement, il fut ravi de découvrir trois mille dollars dans le portefeuille paternel, usé jusqu'à la corde mais gonflé. Comme beaucoup de jeunes gens au génie obscur qui sentent dans une liasse de billets de banque l'épaisseur tangible de délices immédiates, il était démuni de tout sens pratique, de tout désir de gagner davantage d'argent et de toute appréhension quant à ses futurs moyens d'existence (ceux-ci se révélèrent insignifiants lorsqu'on découvrit que cette somme liquide dépassait le dixième de tout l'héritage). Ce même jour, il emménagea à Genève dans un cadre bien plus somptueux, commanda du homard à l'américaine pour dîner, et alla chercher sa première putain dans une ruelle juste derrière l'hôtel.

Pour des raisons optiques et animales, l'amour sexuel est moins transparent que beaucoup d'autres choses nettement plus compliquées. On sait toutefois que Hugh avait courtisé dans sa ville natale une mère de trente-huit ans et sa fille de seize, mais avait été impuissant avec la première et pas assez hardi avec la seconde. Nous avons ici un banal cas de prurit érotique prolongé outre mesure, de pratiques solitaires aboutissant à l'habituel soulagement, et de rêves mémorables. La fille qu'il aborda était courtaude mais avait un visage ravissant, pâle et vulgaire, avec des yeux italiens. Elle le mena à l'un des meilleurs lits de la hideuse vieille maison meublée, au numéro précis, en fait, où, quatre-vingt-onze, quatre-vingt-douze, presque quatre-vingt-treize ans plus tôt, un romancier russe, en route pour l'Italie, avait séjourné. Le lit – un autre, alors, surmonté de pommes de cuivre – fut fait, défait, recouvert d'une redingote, refait ; une valise à carreaux verts, entrouverte, fut posée dessus et la redingote jetée sur les épaules du voyageur en chemise de nuit, cou dégagé, cheveux ébouriffés ; nous le surprenons au moment où il décide ce qu'il va retirer de la valise (qui le précédera en malle-poste) et ranger dans son havresac (qu'il portera lui-même par-delà les montagnes jusqu'à la frontière italienne). Il attend d'un instant à l'autre son ami Kandidatov, le peintre, qui doit le rejoindre ici pour l'accompagner dans cette randonnée désinvolte que les romantiques n'hésitaient pas à entreprendre même pendant une période pluvieuse du mois d'août. Il pleuvait encore plus en ces temps inconfortables, et ses bottes sont encore trempées après les quinze kilomètres de sa visite au casino le plus proche. Elles sont là, toutes droites, devant sa porte, dans une posture d'expulsion, et il a enveloppé ses pieds de plusieurs couches de papier journal – un journal allemand, langue qu'il lit incidemment avec plus de facilité que le français. Le gros problème est de savoir s'il faut confier ses manuscrits à son havresac ou bien à la malle-poste : brouillons de lettres, un conte inachevé dans un cahier russe relié en toile noire, des fragments d'un essai philosophique dans un cahier bleu acheté à Genève, et les feuilles volantes d'un roman à l'état d'ébauche, provisoirement intitulé *Faust à Moscou*. Tandis qu'il est assis devant cette table en bois blanc, celle-là même sur laquelle la putain de notre Person a posé lourdement son volumineux sac à main, apparaît, à travers ce sac en quelque sorte, la première page de son *Faust* avec des coups de gomme énergiques et des ajouts désordonnés à l'encre violette, noire et vert reptile. La vue de son écriture le fascine ; pour lui, le chaos sur la feuille est de l'ordre, les taches des images, les annotations dans la marge, des ailes.

Au lieu de trier ses papiers, il débouche son encrier portatif et se rapproche de la table, plume en main. Mais, juste alors, on frappe gaiement à la porte. La porte s'ouvre en coup de vent et se referme.

Hugh Person suivit la fille que le hasard lui avait fait rencontrer dans la descente du long escalier et jusqu'au coin de la rue où elle se postait de préférence : là, ils se séparèrent pour de nombreuses années. Il avait espéré qu'elle le garderait jusqu'au matin, et ainsi lui épargnerait une nuit à l'hôtel, avec son père mort présent dans chaque coin sombre de sa solitude ; mais, lorsqu'elle le vit enclin à rester, elle se méprit sur ses intentions et lui signifia sans ambages que remettre en forme un exécutant aussi piteux lui prendrait beaucoup trop de temps, et elle le congédia. Ce ne fut pas un revenant, toutefois, qui l'empêcha de s'endormir, mais le manque d'air. Il ouvrit toutes grandes les deux fenêtres ; elles donnaient sur un parc à voitures quatre étages plus bas. Le mince ménisque au-dessus était trop pâle pour illuminer les toits des maisons sur la pente qui s'infléchissait vers le lac invisible ; la lumière d'un garage détachait les degrés d'un escalier désert conduisant à un chaos d'ombres ; tout cela était très déprimant et très lointain, et notre Person, dans sa phobie des hauteurs, sentit la gravitation l'inviter à rejoindre la nuit et son père. Il lui était souvent arrivé, jeune enfant nu, de marcher dans son sommeil, mais le voisinage d'objets familiers l'avait protégé jusqu'à la guérison de ce mal étrange. Cette nuit, au dernier étage d'un hôtel inconnu, il manquait de toute protection. Il ferma les fenêtres et resta assis dans un fauteuil jusqu'à l'aube.

CHAPITRE SEPT

Pendant les nuits de son enfance, quand Hugh souffrait de crises de somnambulisme, il sortait de sa chambre en étreignant un oreiller et descendait les escaliers. Il se souvenait de s'être réveillé dans des endroits insolites, sur les marches menant à la cave ou dans un placard de l'entrée parmi des caoutchoucs et des canadiennes, et, quoique ces promenades pieds nus ne l'eussent pas trop effrayé, le jeune garçon ne tenait pas à «faire le fantôme» et supplia qu'on l'enfermât dans sa chambre. Cela ne servit à rien, car il se faufilait par la fenêtre sur le toit incliné d'un passage couvert reliant la maison aux dortoirs de l'école. La première fois, le froid des ardoises sous la plante de ses pieds l'éveilla, et il retourna à son nid obscur, évitant les chaises et les objets grâce surtout à l'ouïe. Un vieux médecin peu avisé recommanda à ses parents de couvrir le plancher près de son lit de serviettes mouillées et de placer des bassines d'eau à des points stratégiques; le seul résultat fut qu'ayant contourné tous les obstacles durant son sommeil enchanté, il se retrouva en train de grelotter au pied d'une cheminée en compagnie du chat de l'école. Peu après cette équipée, les accès fantomatiques s'espacèrent. Ils disparurent à peu près complètement à la fin de son adolescence. L'étrange affaire de son combat avec une table de chevet en fut le pénultième écho. Hugh était alors à l'université et logeait avec un autre étudiant, Jack Moore (aucune parenté) dans deux pièces du pavillon nouvellement construit de Snyder Hall. Après une journée épuisante au cours de laquelle il avait potassé ferme, Jack fut réveillé en pleine nuit par un tintamarre provenant du salon-chambre à coucher. Il alla voir. Hugh, dans son sommeil, s'était imaginé que sa table de chevet, un petit machin à trois pieds (emprunté à la cabine téléphonique du palier), se livrait toute seule à une furieuse danse du scalp, comme il avait vu un objet semblable faire, au cours d'une séance de spiritisme, lorsqu'on lui avait demandé si l'esprit frappeur (Napoléon) avait la nostalgie des couchers de soleil printaniers de Sainte-Hélène. Jack Moore trouva Hugh penché frénétiquement hors de son divan, serrant dans ses bras et écrasant l'inoffensif objet dans un effort grotesque pour arrêter ses mouvements inexistants. Des livres, un cendrier, un réveille-matin, une boîte de pastilles contre la toux avaient été renversés par terre, et le bois, mis à la torture, gémissait et craquait dans l'étreinte de l'insensé. Jack Moore, d'un violent effort, les sépara. Hugh se retourna silencieusement et se rendormit.

CHAPITRE HUIT

Dix années s'écoulèrent entre le premier et le deuxième voyage de Hugh Person en Suisse, et, au cours de cet intervalle, il gagna sa vie par les diverses occupations sans éclat qui sont le lot des jeunes gens brillants dénués d'ambition ou de dons particuliers; ils prennent l'habitude de n'appliquer qu'une faible partie de leurs capacités à des besognes monotones ou charlatanesques. Ce qu'ils font de l'autre partie, de beaucoup la plus importante, et de quelle manière ils cultivent leurs goûts et sentiments véritables ne constitue pas tout à fait un mystère – il n'y a plus de mystères aujourd'hui – mais l'expliquer ou le révéler serait trop triste, trop effrayant pour que l'on s'y risque. Seuls des experts – et à l'intention d'autres experts seulement – devraient sonder la détresse d'un esprit.

Il était capable de multiplier mentalement des nombres de huit chiffres; il perdit cette aptitude à l'âge de vingt-cinq ans en quelques nuits grises débilitantes, lorsqu'il dut être hospitalisé pour un virus. Il avait publié un poème dans une revue de son université, morceau long et filandreux dont voici le début prometteur :

> *Bénis soient les points de suspension…*
> *Le soleil donnait au lac un exemple céleste…*

Il était aussi l'auteur d'une lettre adressée au *Times* qui fut reproduite quelques années plus tard dans l'anthologie *À Monsieur le rédacteur en chef.* En voici un extrait :

> Anacréon mourut à quatre-vingt-cinq ans, étouffé par le « squelette du vin » (comme dit un autre Ionien) ; et une Gitane prédit au joueur d'échecs Aliokhine qu'il serait tué en Espagne par un taureau mort.

Muni de son diplôme universitaire, il fut pendant sept ans le secrétaire et le partenaire anonyme d'un imposteur notoire, le défunt symboliste Atman, et l'unique responsable de notes en bas de page telles que celle-ci :

> Le cromlech (lié à *mleko, Milch, milk*) est manifestement un symbole de la Mère nourricière, tout comme le menhir (*« mein Herr »*) est manifestement masculin.

Durant une autre période, il avait travaillé dans la papeterie et lancé un stylo qui portait son nom : la Plume Person. Mais cela demeura son plus grand exploit.

Maussade individu de vingt-neuf ans, il entra

dans une grande maison d'édition où il exerça diverses fonctions – documentaliste, commis, attaché à la direction littéraire, rédacteur, correcteur et flagorneur (objet : nos écrivains). Esclave renfrogné, il fut mis à la disposition de Mrs. Flankard, dame exubérante et prétentieuse au visage fleuri et aux yeux de pieuvre, dont l'énorme roman *Le Cerf* avait été accepté sous réserve d'une révision rigoureuse, de coupures impitoyables et d'un rewriting partiel consistant en quelques pages ici et là destinées à faire la liaison entre les vides sombres et sanglants résultant des suppressions abondantes opérées dans les chapitres retenus. Ce travail avait été exécuté par une des collègues de Hugh, une jolie queue de cheval, qui avait quitté la maison depuis. Romancière encore moins douée que Mrs. Flankard, elle avait non seulement infligé des blessures mais laissé intactes des verrues que Hugh, pour sa malédiction, fut chargé de guérir. Il prit le thé plusieurs fois avec Mrs. Flankard dans la charmante maison de celle-ci aux environs de New York. Cette demeure était presque exclusivement décorée des peintures à l'huile de son défunt mari, l'éclosion du printemps dans le salon, l'été dans la salle à manger, toute la splendeur automnale de la Nouvelle-Angleterre dans la bibliothèque, et l'hiver dans la chambre à coucher. Hugh ne s'attardait pas dans cette dernière, car il éprouvait le sentiment inquiétant que Mrs. Flankard méditait de se faire violer sous les flocons mauves de son mari. Comme bien des femmes artistes plus que mûres mais encore belles, elle ne semblait pas du tout se douter qu'un buste volumineux, un cou ridé et l'odeur d'une féminité rance sur un fond d'eau de Cologne pouvaient rebuter un mâle nerveux. Hugh poussa un grognement de satisfaction quand «notre» ouvrage fut enfin publié.

Sur la lancée du succès de librairie du *Cerf*, on lui confia une tâche plus prestigieuse. «Mister R...», comme on l'appelait au bureau (il était affublé d'un interminable nom germanique en deux épisodes, avec une particule entre douve et donjon), écrivait l'anglais infiniment mieux qu'il ne le parlait. Au contact du papier, son anglais acquérait une telle beauté de forme, une telle luxuriance, un tel éclat que certains des critiques les moins exigeants de son pays d'adoption qualifiaient son style de magistral.

Mr. R... était un correspondant susceptible, déplaisant et mal élevé. Les rapports par-delà l'océan entre Hugh et lui – Mr. R... vivait la plupart du temps en Suisse ou en France – ne baignaient pas dans la chaleur qui avait accompagné l'épreuve Flankard; si Mr. R... n'était peut-être pas un maître de toute première grandeur, il n'en était pas moins un artiste véritable qui combattait sur son propre terrain avec ses propres armes pour le droit à une ponctuation non orthodoxe correspondant à une pensée originale. Notre complaisant Person n'eut aucun mal à décider sa boîte à publier en livre de poche une des premières œuvres de Mr. R..., mais alors commença une longue attente pour le nouveau roman que R...

avait promis de remettre avant la fin du printemps. Le printemps passa stérilement, et Hugh prit un avion à destination de la Suisse pour avoir une entrevue avec l'écrivain nonchalant. Ce fut le deuxième de ses quatre voyages en Suisse.

CHAPITRE NEUF

Il fit la connaissance d'Armande par un radieux après-midi dans un wagon suisse, entre Thur et Versex, la veille de sa rencontre avec Mr. R… Il était monté par erreur dans un omnibus; elle l'avait choisi parce qu'il s'arrêtait à une petite gare desservie par le car qui grimpait à Witt, où sa mère avait un chalet. Armande et Hugh s'étaient installés en même temps à deux places de fenêtre qui se faisaient face, du côté du train donnant sur le lac. Une famille d'Américains occupait les quatre places de l'autre côté du couloir. Hugh déplia le *Journal de Genève*.

Elle était jolie, oui, et l'aurait été jusqu'à la perfection si ses lèvres avaient été plus pleines. Elle avait des yeux foncés, des cheveux blonds, une peau couleur de miel. Des fossettes jumelles en forme de croissant s'incurvaient le long de ses joues bronzées et encadraient sa bouche mélancolique. Elle portait un tailleur noir et un chemisier plissé. Un livre de poche rouge et noir reposait sur ses genoux sous ses mains gantées de noir. Il crut le reconnaître. Le mécanisme de leur première rencontre fut on ne peut plus banal.

Ils échangèrent un regard désapprobateur et plein d'urbanité lorsque les trois marmots américains se mirent à sortir d'une valise chandails et pantalons, cherchant avec furie quelque chose qu'on avait stupidement oublié à l'hôtel (une pile de bandes dessinées, enlevées depuis avec les serviettes sales par une femme de chambre efficace). L'un des deux adultes, accrochant le regard froid d'Armande, y répondit par une expression d'impuissance bon enfant. Le contrôleur passa pour les billets.

Hugh inclina un peu la tête et s'assura qu'il ne s'était pas trompé : c'était bien l'édition de poche de *Silhouettes dans une fenêtre d'or.*

« C'est un des nôtres », dit Hugh avec un signe de tête à l'appui.

Elle contempla le livre comme s'il allait lui fournir une réponse à cette remarque. Sa jupe était très courte.

« Je veux dire, continua-t-il, que je travaille chez cet éditeur. L'éditeur américain de l'édition reliée. Il vous plaît ? »

Elle répondit, dans un anglais courant mais artificiel, qu'elle détestait les romans surréalistes du genre poétique. Il lui fallait une prose réaliste et non édulcorée, qui reflète notre époque. Elle aimait les livres qui parlaient de Violence et de Sagesse orientale. Est-ce que ce bouquin devenait meilleur par la suite ?

« Eh bien... il y a un épisode assez dramatique qui se passe dans une villa de la Côte d'Azur : la petite, la fille du narrateur...

— June.

— C'est cela, June. June met le feu à sa maison de poupées et toute la villa flambe ; mais je crains qu'il y ait peu de violence. Tout est plutôt symbolique, grand style, et en même temps curieusement tendre, comme le texte de présentation l'explique, ou du moins l'expliquait dans l'édition originale. C'est le célèbre Paul Plam qui a fait cette couverture. »

Elle irait jusqu'au bout, bien sûr, même si c'était très ennuyeux, car il faut mener à bien tout ce qu'on entreprend, comme par exemple la route au-dessus de Witt, où se trouvait leur maison, un chalet de luxe. Tant qu'elle ne serait pas achevée, il faudrait se taper à pied la montée jusqu'au téléphérique du Drakonita. Elle avait reçu *La Fenêtre en flammes*, non... enfin, ce roman pas plus tard que la veille, pour ses vingt-trois ans, de la belle-fille de l'auteur, qu'il avait probablement...

« Julia. »

Oui. Julia. Elles avaient enseigné toutes deux, l'hiver dernier, dans une école du Tessin pour demoiselles étrangères. La mère et le beau-père de Julia venaient de divorcer ; il l'avait traitée de façon abominable. Qu'avaient-elles enseigné ? Oh ! le maintien, la rythmique, et cætera.

Hugh et la nouvelle, irrésistible personne étaient passés au français. Il le parlait au moins aussi bien qu'elle l'anglais. Elle lui demanda de deviner sa nationalité. Il hasarda : danoise, ou hollandaise. Non, la famille de son père était originaire de Belgique. Son père était architecte, il avait été tué l'été dernier alors qu'il surveillait la démolition d'un hôtel célèbre dans une ville d'eau à l'agonie ; sa mère était née en Russie, dans un milieu tout à fait noble, mais naturellement, la Révolution l'avait ruinée. Est-ce qu'il aimait son travail ? Aurait-il la gentillesse de baisser un peu le store opaque ? L'enterrement du soleil à son déclin. Était-ce une expression proverbiale ? demanda-t-elle. Non, il venait de l'inventer.

Dans un journal qu'il tenait par à-coups, Hugh inscrivit ce soir-là, à Versex :

« Ai parlé à une jeune fille dans le train. Jambes nues, brunes, adorables, et sandales dorées. Le désir fou d'un potache et un tumulte romantique jamais ressenti jusqu'ici. Armande Chamar. "La particule aurait juré avec la dernière syllabe de mon prénom." "Je crois que Byron emploie *chamar*, dans le sens de *la roue du paon*, dans un milieu oriental tout ce qu'il y a de plus noble." Délicieusement artificielle et pourtant merveilleusement naïve. Le chalet au-dessus de Witt bâti par son père. Si vous vous trouvez dans les parages… A voulu savoir si j'aimais mon travail. Mon travail ! J'ai répondu : "Demandez-moi ce que je *sais* faire et non ce que je *fais*, ravissante jeune fille, ravissant sillage du soleil à travers une étoffe noire semi-transparente. Je peux graver dans ma mémoire toute une page de l'annuaire du téléphone en trois minutes, pas une seconde de plus, mais je suis incapable de me rappeler mon propre numéro. Je peux composer des pages d'une poésie aussi remarquable et aussi nouvelle que vous l'êtes ou tout ce qu'on pourra écrire d'ici trois cents ans, mais je n'ai jamais publié le moindre vers, mises à part quelques bêtises juvéniles à l'université. J'ai élaboré, en jouant au tennis sur les courts de l'école paternelle, un retour de service dévastateur – un drive coupé et accrochant la balle – mais je suis hors d'haleine au bout d'un jeu. Je puis peindre des lacs incomparablement diaphanes où se reflètent toutes les montagnes du paradis, en me servant d'encre et d'aquarelle, mais je ne sais pas dessiner un bateau ou un pont ou la silhouette d'une personne prise de panique derrière les fenêtres en feu d'une villa de Plam. J'ai enseigné le français et l'anglais dans des écoles américaines, mais jamais je n'ai réussi à me débarrasser de l'accent canadien de ma mère, bien que je le perçoive nettement quand je parle le français à voix basse. *Ouvre ta robe, Déjanire,* que je puisse monter *sur mon bûcher.* Par lévitation, j'arrive à me soulever d'un pouce et à tenir une dizaine de secondes, mais je ne peux pas grimper dans un pommier. Je suis titulaire d'un doctorat en philosophie mais j'ignore tout de l'allemand. Je suis tombé amoureux de toi mais je me garderai de rien faire. Bref, je suis un génie universel." Par une coïncidence digne de cet autre génie, la belle-fille de R... avait donné à Armande le livre qu'elle lisait. Julia Moore a sans doute oublié que je l'ai possédée il y a environ deux ans. Elle et sa mère sont des voyageuses infatigables. Elles sont allées à Cuba et en Chine, et dans d'autres pays pareillement austères et primitifs; elles parlent en les critiquant affectueusement des gens charmants et bizarres – et ils sont nombreux – avec lesquels elles se sont liées là-bas. *Tell me about her* beau-père. *Is he* très fasciste ? Ne pouvait pas comprendre pourquoi j'appelais le gauchisme de Mrs. R… un snobisme bourgeois fort répandu. *But, not at all*, elle et sa fille adorent les extrémistes de gauche ! En tout cas, dis-je, Mr. R…, lui, est réfractaire à la politique. Ma chérie estima que c'était bien ce qu'on pouvait lui reprocher. Un cou crème de noisette avec une toute petite croix d'or et un grain de beauté. Mince, athlétique, meurtrière ! »

CHAPITRE DIX

Il fit quelque chose, pourtant, malgré toute cette complaisante autocritique. Il lui écrivit un mot du vénérable Versex Palace où, dans quelques instants, il allait boire des cocktails avec notre auteur le plus coté dont vous n'avez pas apprécié le meilleur livre. Me permettriez-vous de vous rendre visite, mettons, le mercredi quatre ? Parce que je serai alors à l'hôtel Ascot dans votre Witt où, paraît-il, les pistes sont excellentes, même en été. La raison principale de mon séjour *ici*, d'autre part, est de découvrir quand le vieux bandit aura terminé son bouquin. Curieux de penser que j'étais si enthousiaste avant-hier à l'idée de voir enfin le grand homme en chair et en os.

De la chair, il y en avait plus encore que ne l'avait imaginé notre Person sur la foi de récentes photographies. Tandis qu'il le regardait émerger de sa voiture, à l'affût derrière une des fenêtres du vestibule, aucun hymne à la gloire, aucune trompette de la renommée ne vint percuter son système nerveux, requis tout entier par la jeune fille aux cuisses nues dans le train mitraillé de soleil. Pourtant, quel spectacle grandiose offrait Mr. R... – son beau chauffeur épaulant l'obèse bonhomme d'un côté, son secrétaire à barbe noire le soutenant de l'autre, et deux chasseurs de l'hôtel mimant les gestes d'un vain empressement sur les marches du perron ! Le reporter Person remarqua que Mr. R... portait des boots en daim couleur cacao, une chemise jaune citron avec un foulard mauve, et un costume gris froissé qui n'avait aucun chic – du moins aux yeux d'un Américain moyen. Hello, Person ! Ils s'assirent dans le salon, près du bar.

La qualité illusoire de la scène était accentuée par l'aspect et les propos des deux personnages. Cet homme monumental, au maquillage terreux et au sourire faux, et Mr. Tamworth-à-la-barbe-de-brigand semblaient jouer une scène écrite dans un style ampoulé à l'intention d'un public invisible, dont Person, simple mannequin, se détournait constamment, quelque position qu'il adoptât et où qu'il tournât son regard, comme si la logeuse de Sherlock, invisible elle aussi, n'avait cessé de manœuvrer son fauteuil au cours de l'entrevue, qui fut brève mais fort arrosée. Tout cela n'était que trompe-l'œil et figures de cire comparé à la réalité d'Armande, dont l'image, gravée sur l'œil de son esprit, brilla tout au long du spectacle à différents niveaux, parfois à l'envers, parfois en marge de son champ de vision, mais toujours là, toujours, vraie et fascinante. Les lieux communs qu'ils avaient échangés flamboyaient d'authenticité lorsqu'il les opposait aux gros rires forcés qui fusaient dans ce faux bar.

« Vraiment, vous avez une mine étonnante ! » s'écria Hugh avec une effusion mensongère quand ils eurent commandé les boissons.

Le baron R... avait des traits grossiers, un teint cireux, un nez en pomme de terre aux pores dilatés, des sourcils broussailleux et belliqueux, un regard ferme et une bouche de bouledogue pleine de dents gâtées. Le filon de féroce imagination si évident dans ses écrits brillait aussi dans des reparties préparées de longue date, lorsqu'il disait par exemple – et il le fit maintenant – que loin d'avoir « bonne mine » il se sentait de jour en jour une ressemblance plus marquée avec Reubenson, le célèbre acteur qui jouait jadis les vieux gangsters dans des films tournés en Floride ; mais cet acteur n'avait jamais existé.

« Enfin, comment vous portez-vous ? » demanda Hugh, profitant, pour ainsi dire, de son désavantage.

« To make a story quite short », répondit Mr. R... (qui avait l'exaspérante manie non seulement de faire parade de clichés vermoulus dans son anglais à l'accent pâteux et qui se voulait familier, mais encore de les estropier), « je ne me sentais pas trop bien l'hiver dernier, voyez-vous. Mon foie me chicanait. »

Il prit une bonne gorgée de whisky et, s'en rinçant la bouche d'un mouvement qui était encore une nouveauté pour Person, reposa très lentement son verre sur la table basse. Puis, seul à seul avec le whisky muselé, il l'avala et passa à son second style anglais, le style grandiose de ses plus célèbres personnages.

« Insomnie et sa sœur Nocturie me harcèlent, naturellement, mais à part cela je suis aussi vert que la matrice d'un poinçon. Je ne crois pas que vous connaissiez Mr. Tamworth. Person, qui se prononce Parson, et Tamworth... comme la race de porcs anglais à taches noires.

— Non, dit Hugh, Person ne vient pas de Parson, mais plutôt de Peterson.

— O.K., fiston. Et comment se porte Phil ? »

Ils s'entretinrent un moment de la vigueur, du charme et de la finesse de l'éditeur de R...

« Seulement, il veut que j'écrive des livres dans un genre qui n'est pas le mien. Il voudrait... » (adoptant une voix d'arrière-gorge et un ton plein d'innocence pour citer les romans d'un rival également publiés par Phil) « ... il voudrait *Un gars pour le plaisir*, mais accepterait *La Garce grêle*, et tout ce que j'ai à lui offrir, *moi,* ce n'est pas *Tralala*, mais le premier et le plus ennuyeux volume de mes *Tralatitions*.

— Je vous assure qu'il attend le manuscrit avec la plus vive impatience. À propos... »

À propos, vraiment ! Il devrait y avoir un terme de rhétorique pour désigner cette tournure de non-logique. Un coup d'œil unique sur une étoffe noire semi-transparente se greffa sur cet à-propos. À propos, je deviendrai fou si je ne l'ai pas...

« ... à propos, j'ai rencontré hier une personne qui venait de voir votre belle-fille...

— Ex-belle-fille, corrigea Mr. R... Pas vue depuis longtemps et je souhaite que cela continue. Même chose, fiston (ceci au barman).

— Les circonstances de notre rencontre sont assez étonnantes. La jeune femme lisait...

— Excusez-moi », intervint le secrétaire sur un ton plein de chaleur, et, pliant une note qu'il venait de griffonner, il la tendit à Hugh. « Mr. R... déteste toute allusion à Miss Moore et à sa mère. »

Et je ne le blâme pas. Mais où était le fameux tact de Hugh ? L'étourdi connaissait fort bien la situation, l'ayant apprise de Phil et non de Julia, petite fille impure mais réservée.

Ce passage concernant notre recherche de la transparence des choses est plutôt fastidieux, mais nous devons achever notre rapport.

Mr. R... avait découvert un jour, pour l'avoir fait suivre professionnellement, que sa femme Marion filait le parfait amour avec Christian Pines, le fils du cinéaste bien connu qui avait fait *Fenêtres d'or* (précairement adapté du meilleur roman de notre auteur). Mr. R... se réjouit de cette situation, car il faisait une cour assidue à Julia Moore, sa belle-fille âgée de dix-huit ans, et entrevoyait désormais un avenir tout à fait digne d'un paillard sentimental que trois ou quatre mariages n'avaient pas cncore assouvi. Très vite, cependant, il apprit par le même limier, qui agonise en ce moment dans un hôpital étouffant et crasseux de Formose (une île), que le jeune Pines, beau play-boy à face de crapaud qui devait mourir bientôt, lui aussi, était l'amant de toutes les deux, la mère et la fille, et les avait servies deux étés durant à Cavaliere en Californie. Aussi la séparation fut-elle plus pénible et plus complète que ne l'avait prévu R... Quelque part au milieu de ces événements, de sa manière discrète, effacée (bien qu'en réalité il mesurât un bon centimètre de plus que le gros R...), notre Person avait réussi à grignoter, lui aussi, un petit coin du tableau déjà encombré.

CHAPITRE ONZE

Julia aimait les hommes grands avec des mains puissantes et des yeux tristes. Hugh avait fait sa connaissance dans un salon new-yorkais. Deux jours plus tard, il l'aperçut chez Phil et elle lui demanda s'il désirait voir *Grottes mâtines*, un succès d'avant-garde. Elle avait deux billets, un pour elle et un pour sa mère, mais celle-ci devait se rendre à Washington pour une affaire juridique (en rapport avec la procédure de divorce, comme Hugh l'avait deviné). En matière d'art, avant-garde ne signifie guère plus qu'adhésion à une certaine mode bourgeoise qui se veut audacieuse ; aussi, quand le rideau se leva, c'est sans surprise que Hugh se vit convié à se régaler de la vue d'un ermite assis tout nu sur une tinette fêlée au centre d'un plateau vide. Julia gloussa, anticipant une soirée délectable. Hugh se hasarda à enserrer dans sa grosse patte timide la main enfantine qui lui avait accidentellement effleuré le genou. Qu'elle était affriolante avec sa frimousse de poupée, ses yeux obliques et ses lobes d'oreilles aux larmes de topaze, son corps mince que moulaient le chemisier orange et la jupe noire, ses membres aux attaches délicates et ses cheveux exotiquement lisses, coupés droit sur le front ! Non moins agréable était la conjecture que dans sa retraite suisse Mr. R..., qui s'était vanté lors d'une interview d'être doué d'un assez grand pouvoir de télépathie, ne manquerait pas de ressentir un pincement de jalousie au moment présent de l'espace-temps.

Le bruit avait couru que la pièce serait peut-être interdite après la première représentation. Plusieurs jeunes chahuteurs venus protester contre cette éventualité ne réussirent qu'à bouleverser le spectacle qu'ils voulaient soutenir. Quelques joyeux pétards emplirent la salle d'une âcre fumée, des serpentins de papier hygiénique rose et vert prirent feu incontinent et le théâtre fut évacué. Julia annonça qu'elle mourait de frustration et de soif. Un bar connu, à côté du théâtre, était déjà bondé et, « dans le rayonnement d'une simplification édénique des mœurs » (comme R... l'écrivit à un autre propos), notre Person emmena la jeune fille chez lui. Il se demanda imprudemment – après qu'un baiser trop passionné dans le taxi lui eut fait répandre quelques brûlantes gouttes d'impatience – s'il n'allait pas décevoir l'attente de Julia, dépucelée par R..., au dire de Phil, à l'âge de treize ans, tout au début du désastreux mariage de sa mère.

La garçonnière que Hugh louait dans la 65e Rue lui avait été trouvée par sa société. Or le hasard voulut que ce fût justement l'appartement où, deux ans plus tôt, Julia venait voir l'un de ses meilleurs jeunes mâles. Elle eut le bon goût de n'en rien dire, mais l'image du jeune homme, dont la mort au cours d'une guerre lointaine l'avait profondément affectée, ne cessait de sortir de la salle de bains ou de farfouiller dans le frigidaire, et elle s'immisça de façon si étrange dans la petite affaire en cours que Julia refusa de se laisser dégrafer et mettre au lit. L'enfant céda, naturellement, après un intervalle convenable, et elle ne tarda pas à seconder ce grand dadais de Hugh dans ses cafouillages amoureux. Cependant, dès que les coups et halètements habituels se furent calmés et que Hugh, affichant une désinvolture plutôt triste, se fut levé pour aller remplir les verres, l'image de Jimmy Major, corps bronzé et fesses blanches, remplaça l'osseuse réalité. Elle remarqua que le miroir du placard, vu du lit, reflétait exactement la même nature morte – des oranges dans une coupe en bois – qu'à l'époque éphémère et fleurie de Jim (consommateur vorace du fruit des centenaires). Elle fut presque attristée lorsqu'elle découvrit, en promenant son regard à la ronde, que cette vision n'avait d'autre origine que le chatoiement de ses affaires, jetées sur le dos d'une chaise.

Elle décommanda au dernier moment leur prochain rendez-vous galant et peu après partit pour l'Europe. L'aventure laissa dans l'esprit de Person à peine plus de traces que l'empreinte d'un pâle rouge à lèvres sur du papier de soie – et le sentiment romanesque d'avoir étreint la dulcinée d'un grand écrivain. Toutefois, le temps accomplit son œuvre, et une nouvelle saveur s’ajoutc au souvenir de cette éphémère aventure.

Nous voyons maintenant un morceau déchiré de *La Stampa* et une bouteille de vin vide. On construisait beaucoup…

CHAPITRE DOUZE

On construisait beaucoup autour de Witt, tout le versant sur lequel on lui avait dit qu'il trouverait la Villa Nastia était balafré et couvert de boue. Les abords immédiats de la villa, plus ou moins remis en ordre, formaient une oasis de calme dans ce désert claquant et cliquetant d'argile et de grues. On voyait même luire une boutique de modes dans l'hémicycle du centre commercial qui encerclait un jeune sorbier fraîchement planté dont le pied s'ornait déjà de quelques détritus, entre autres la bouteille vide d'un ouvrier et un journal italien. Person perdit alors le sens de l'orientation, mais une femme qui vendait des fruits à un étalage tout proche le remit dans le bon chemin. Un gros chien blanc, affectueux à l'excès, entreprit de gambader désagréablement dans son sillage et fut rappelé par la femme.

Il gravit une allée bitumée assez raide, bordée d'un côté par un mur blanc d'où dépassaient des sapins et des mélèzes et percé d'une porte grillagée qui menait sans doute à un camp de vacances ou à une école. Des cris d'enfants en train de jouer s'échappaient de derrière le mur et un volant vint finir sa trajectoire à ses pieds. Il n'y prêta aucune attention, n'étant pas de cette espèce d'individus qui ramassent des choses pour des inconnus – un gant, une pièce qui roule.

Un peu plus loin, dans une échancrure du mur de pierre, apparurent quelques marches et la porte d'un chalet blanchi à la chaux, signé Villa Nastia en lettres cursives à la française. Comme cela arrive si souvent dans les œuvres d'imagination de R..., « personne ne répondit à son coup de sonnette ». Hugh aperçut d'autres marches le long de la véranda, qui descendaient (après toute cette stupide montée) dans l'âcre humidité d'un boqueteau de buis, contournaient la maison et menaient au jardin. Un bassin juste bon pour faire trempette et entouré de planches jouxtait une maigre pelouse, au milieu de laquelle une grosse dame sur le retour, aux membres enduits d'onguent et d'un rose douloureux, prenait un bain de soleil dans une chaise longue. Un exemplaire – le même, sûrement – de l'édition de poche des *Silhouettes* et cætera, ainsi qu'une lettre pliée (nous avons estimé plus sage que notre Person ne la reconnût pas) servant de marque reposaient sur le maillot de bain d'une pièce qui enserrait l'essentiel de la dame.

Mme Charles Chamar, née Anastasia Petrovna Potapov (un nom parfaitement respectable que feu son époux estropiait en « Patapouf »), était la fille d'un riche marchand de bestiaux de Riazan qui avait émigré avec sa famille en Angleterre, via

Kharbin et Ceylan, peu après la révolution bolchevique. Elle avait depuis longtemps pris l'habitude de tenir compagnie aux jeunes gens que la capricieuse Armande laissait pour compte; mais le nouveau galant était attifé comme un commis voyageur et il y avait quelque chose en lui (ton génie, Person!) qui interloquait et chiffonnait Mme Chamar. Elle aimait que les gens cadrent avec son milieu. Le jeune Suisse avec qui Armande skiait en ce moment dans les neiges éternelles au-dessus de Witt cadrait, comme cadraient les jumeaux Blake et le fils du vieux guide, ce Jacques aux cheveux d'or, champion de bob. Mais notre Person, dégingandé et lugubre, avec son affreuse cravate vulgairement fixée au col d'une chemise blanche bon marché et son impossible complet marron, ne faisait pas partie de «son» monde. Quand il apprit qu'Armande s'amusait ailleurs et qu'elle ne rentrerait peut-être pas pour le thé, il ne prit pas la peine de dissimuler sa surprise et son déplaisir. Il resta planté là en se grattant une joue. L'intérieur de son chapeau tyrolien se fonçait de sueur. Est-ce qu'Armande avait reçu sa lettre?

Mme Chamar répondit par un «non» peu compromettant – elle aurait pu consulter la marque révélatrice, mais son instinctive prudence maternelle la retint: elle enfouit vivement le livre dans son sac. Machinalement, Hugh mentionna sa récente visite à l'auteur de ce livre.

«Il habite quelque part en Suisse, n'est-ce pas?

— Oui, à Diablonnet, près de Versex.

— Diablonnet me fait toujours penser au mot

russe pour « pommiers » : *iabloni.* Il a une belle maison ?

— Euh… nous nous sommes rencontrés à Versex, dans un hôtel, pas chez lui. On m'a dit que c'était une propriété aussi vaste que démodée. Nous avons parlé affaires. Naturellement, sa maison regorge toujours d'invités plutôt… comment dirai-je, frivoles. Je vais attendre un peu puis je m'en irai. »

Il refusa de retirer sa veste et de se détendre dans une chaise longue à côté de Mme Chamar. Trop de soleil lui donnait des étourdissements, expliqua-t-il.

« Alors allons dans la maison », s'écria-t-elle, en traduisant fidèlement du russe.

Voyant les efforts qu'elle faisait pour se lever, Hugh offrit son aide ; mais Mme Chamar lui enjoignit d'un ton pointu de se tenir assez loin d'elle, faute de quoi il pourrait constituer une « obstruction psychologique ». La corpulence rétive dc la dame ne pouvait être déplacée qu'au moyen d'une petite secousse bien précise ; pour la provoquer, elle devait concentrer son attention sur l'idée de mystifier la pesanteur jusqu'à ce que quelque chose se déclenche à l'intérieur : alors le sursaut nécessaire avait lieu comme le miracle d'un éternuement. En attendant, elle demeurait allongée sur sa chaise, sans bouger, comme à l'affût : la sueur du courage luisait sur sa poitrine et au-dessus des arcades violettes de ses sourcils tracés au pastel.

« Ce n'est nullement nécessaire, dit Hugh. Je

peux très bien l'attendre ici à l'ombre d'un arbre. Mais il faut que j'aie de l'ombre. Je n'aurais pas cru qu'il pouvait faire si chaud à la montagne.»

Brusquement, tout le corps de Mme Chamar sursauta, si fort que la charpente de la chaise longue poussa un cri quasi humain. L'instant d'après elle se trouvait assise, les deux pieds au sol.

«Tout va bien», déclara-t-elle tranquillement, et elle se leva, enveloppée maintenant d'un peignoir en tissu éponge de couleur vive, avec la soudaineté d'une transformation magique. «Venez, je vais vous offrir quelque chose de frais et vous montrer mes albums.»

Le «quelque chose de frais» consistait en un grand verre à facettes plein d'une eau tiédasse – de l'eau du robinet – à peine troublée par une cuillerée de confiture de fraises maison qui lui donnait une teinte tirant sur le mauve. Les albums, quatre gros volumes reliés, étaient posés sur une table très basse, très ronde, dans le très moderne living-room.

«Je vous abandonne pendant quelques minutes», dit Mme Chamar, et, exposée aux yeux du public, elle monta énergiquement et lourdement des marches non moins audibles que visibles qui conduisaient à un premier étage également dégagé, où une porte ouverte permettait de voir un lit et une autre un bidet. Armande disait souvent que ce produit de l'art de son père attirait des touristes de pays aussi lointains que la Rhodésie et le Japon.

Les albums étaient aussi transparents que la

maison, quoique moins déprimants. La série des photos d'Armande – les seules qui intéressaient notre « voyeur malgré lui » – débutait par un portrait de feu Potapov, alors septuagénaire, carrément coquet avec sa petite impériale grise et sa veste d'intérieur chinoise, en train de faire le microscopique signe de croix orthodoxe au-dessus d'un bébé invisible dans son berceau profond. Non seulement les instantanés suivaient Armande à travers toutes les phases du passé et tous les progrès de la photo d'amateur, mais la fillette apparaissait aussi dans diverses petites tenues innocentes. Ses parents et ses tantes, jamais rassasiés de « jolies » photos, pensaient en fait qu'une nymphette de dix ans, rêve d'un carrollien, avait autant de droit à la nudité intégrale qu'un nouveau-né. Le visiteur édifia une barricade d'albums pour cacher à toute personne sur le palier au-dessus la flamme de son intérêt, et à plusieurs reprises il retourna aux images de la petite Armande dans son bain, pressant un jouet de caoutchouc en forme de trompe sur son ventre luisant, ou bien debout, attendant que l'on savonne ses petites fesses creusées de fossettes. Une autre découverte de la douceur impubère (dont la ligne médiane se distinguait à peine d'un brin d'herbe moins vertical) lui fut fournie par une photographie où, assise sans aucun voile sur une pelouse, elle peignait ses cheveux criblés de rayons de soleil tout en écartant largement, dans une fausse perspective, des jambes ravissantes de géante.

Il entendit le bruit d'une chasse d'eau à l'étage

supérieur, et, avec un tressaillement coupable, referma le gros album d'un coup sec. Son cœur rétractile se contracta capricieusement, les battements se calmèrent, mais personne ne descendit de ces régions infernales et il se replongea en grommelant dans ses sottes images.

Vers la fin du deuxième album, la photographie s'embrasait de couleurs éclatantes pour fêter les pimpants atours de ses mues d'adolescente. Armande se montrait en robes à fleurs, en pantalons fantaisie, en shorts de tennis, en maillots de bain, parmi les verts et les bleus criards de la gamme des couleurs industrielles. Il découvrit les angles gracieux de ses épaules brunies au soleil, la ligne élancée de ses hanches. Il apprit qu'à dix-huit ans le torrent de sa chevelure claire coulait jusqu'à la chute de ses reins. Aucune agence matrimoniale n'aurait pu offrir à ses clients de telles variations sur le thème d'une seule vierge. Dans le troisième album, il trouva, avec l'agréable sensation de rentrer chez lui, des vues de son cadre familier : les coussins citron et noirs du divan à l'autre bout de la pièce, et, sur la cheminée, la monture Denton en plâtre fin d'un ornithoptère. Le quatrième, inachevé, s'ouvrait sur les feux de ses plus chastes images ; Armande dans un anorak rose, Armande scintillante comme un joyau, Armande faisant déraper ses skis dans une gerbe de poussière cristalline.

Enfin, du haut de la maison transparente, Mme Chamar, péniblement, précautionneusement, descendit l'escalier ; la gélatine de son avant-bras nu, agrippé à la rampe, ballottait. Elle avait revêtu une robe d'été à falbalas et semblait, comme sa fille, avoir passé par plusieurs mues.

« Ne vous levez pas, ne vous levez pas ! » cria-t-elle en battant l'air d'une main. Mais Hugh affirma qu'il devait partir.

« Dites-lui, ajouta-t-il, dites à votre fille, quand elle reviendra de son glacier, que je suis très déçu. Dites-lui que je vais rester une semaine, deux semaines, trois semaines ici, à ce sinistre hôtel Ascot, dans ce misérable patelin de Witt. Dites-lui que je lui téléphonerai si elle ne le fait pas. Dites-lui », poursuivit-il alors qu'il s'engageait sur un chemin glissant parmi les grues et les pelles mécaniques immobiles dans l'or de l'après-midi finissante, « dites-lui qu'elle et ses vingt sœurs, ses vingt miniatures rétrospectives, m'ont empoisonné l'organisme, et que je mourrai si je ne peux pas l'avoir. »

Il était encore plutôt simplet pour un amoureux. On aurait pu dire à la grosse, vulgaire Mme Chamar : comment osez-vous exhiber votre enfant devant des étrangers sensibles ? Mais notre Person s'imagina vaguement qu'il s'agissait d'un cas d'immodestie contemporaine courante dans le milieu de Mme Chamar. Quel « milieu », Seigneur ? La mère de la dame était la fille d'un vétérinaire de campagne, comme la mère de Hugh (seule coïncidence digne d'être relevée dans toute cette affaire plutôt attristante). Enlevez donc ces images, espèce de stupide nudiste !

Elle lui téléphona vers minuit, le réveillant au plus profond d'un rêve évanescent mais franchement désagréable (après tout ce fromage fondu et ces pommes de terre nouvelles accompagnés de vin vert, au «carnotzet» de l'hôtel). Alors que d'une main il soulevait le combiné, de l'autre il tâtonnait à la recherche de ses lunettes pour lire, sans lesquelles, par quelque fantaisie de la concordance des sens, il ne pouvait téléphoner correctement.

«*You* Person ?» interrogea la voix d'Armande.

Il savait déjà, depuis qu'elle avait lu tout haut le libellé de la carte de visite qu'il lui avait tendue dans le train, qu'elle élidait le H aspiré de son prénom.

«Oui, c'est moi, je veux dire "*you*". Je veux dire que vous l'écorchez on ne peut plus délicieusement.

— Je n'écorche rien du tout. Écoutez, je n'ai jamais reçu…

— Si, vous l'écorchez ! Vous laissez tomber vos H comme des perles *into the cup* (dans la sébille) d'un aveugle.

— On prononce *cap* (chapeau), imaginez-vous. J'ai gagné ! Écoutez, je ne suis pas libre demain, mais que diriez-vous de vendredi… si vous pouvez être prêt à sept heures précises ?»

Il pouvait, bien sûr.

Elle invita «Percy» – elle déclara qu'elle l'appellerait ainsi désormais, puisqu'il détestait «Hugh» – à l'accompagner faire un peu de ski d'été au Drakonita (il comprit *Darkened Heat*, «chaleur sombre », et imagina une forêt touffue protégeant les promeneurs romantiques de l'azur ardent d'un midi alpin). Il dit qu'il n'avait pas appris à skier au cours d'un séjour à Sugarwood, Vermont, mais qu'il serait ravi de marcher à côté d'elle, le long d'un sentier non seulement fourni par son imagination mais encore nettoyé soigneusement par le balai d'un bonhomme de neige – une de ces visions instantanées et non vérifiées qui peuvent leurrer l'homme le plus avisé.

CHAPITRE TREIZE

Il nous faut maintenant bien mettre au point l'image de la grand-rue de Witt, telle qu'elle était ce jeudi, lendemain du coup de téléphone d'Armande. Elle fourmille de gens et de phénomènes transparents, dans et à travers lesquels nous pourrions sombrer avec le ravissement d'un ange ou d'un auteur, mais, pour cette relation, il nous suffit de nous attacher au seul Person. Peu féru de longues promenades, il borna sa flânerie à un examen fastidieux du village. Un flot de voitures s'écoulait, lugubre, les unes cherchant avec la mauvaise grâce d'une mécanique rechignante un emplacement pour stationner, les autres venant de ou se dirigeant vers Thur, lieu de villégiature beaucoup plus élégant, quelque trente-cinq kilomètres plus au nord. Il passa plusieurs fois devant la vieille fontaine, dont le bassin, formé d'un tronc évidé, débordait entre les géraniums; il examina le bureau de poste et la banque, l'église et l'agence de tourisme, et une célèbre masure noire qui avait encore le droit de survivre avec son carré de choux et son crucifix faisant office d'épouvantail, entre une pension et une blanchisserie.

Il but de la bière dans deux tavernes. Il s'attarda devant un magasin d'articles de sport, une fois, deux fois, et acheta un beau chandail gris à col roulé avec un minuscule et ravissant drapeau américain brodé à l'endroit du cœur. « Made in Turkey », chuchotait l'étiquette.

Il décida qu'il était temps d'aller boire un autre verre… et il la vit, assise à la terrasse d'un café. « You » obliqua dans sa direction, croyant qu'elle était seule, puis aperçut, trop tard, un deuxième sac à main sur la chaise en face d'elle. En même temps, sa compagne sortit du salon de thé et, se rasseyant, dit de cette charmante voix new-yorkaise, avec cette gouaille de fille des rues qu'il aurait reconnue même au paradis :

« Les gogs sont dégueu. »

Entre-temps, Hugh Person, incapable de se dépouiller du masque d'un sourire affable, s'était approché, et on l'invita à s'asseoir.

À la table voisine, une cliente qui ressemblait comiquement à feu la tante de Person, Melissa, que nous aimons beaucoup, lisait l'*Erald Tribune.* Armande croyait (sens atténué) que Julia Moore connaissait Percy. Julia croyait qu'ils se connaissaient, en effet. Hugh également, mais si, bien sûr. Est-ce que le sosie de sa tante lui permettait d'emprunter la chaise restée libre ? Avec plaisir. C'était une femme adorable, qui vivait avec cinq chats dans une maison de poupées, au bout d'une avenue de bouleaux, dans le quartier le plus tranquille…

Un vacarme à vous crever le tympan nous interrompit : impassible, une serveuse (une pauvre créature, s'il en est) avait lâché un plateau chargé de limonades et de gâteaux et, accroupie, le visage toujours impassible, se fendait en une multitude de petits gestes rapides et qui n'appartenaient qu'à elle.

Armande annonça à Percy que Julia était spécialement venue de Genève pour la consulter au sujet de la traduction en russe de plusieurs expressions au moyen desquelles elle, Julia, qui partait pour Moscou le lendemain, désirait « impressionner » ses amis. Percy, ici présent, travaillait pour son beau-père.

« Mon *ex*-beau-père, Dieu merci ! s'écria Julia. À propos, Percy, si c'est bien là votre nom de voyage, vous pourrez peut-être m'aider. Comme Armande l'a dit, je veux éblouir quelques Moscovites qui m'ont promis de me faire rencontrer un célèbre jeune poète russe. Elle m'a appris des amours de mots, mais nous restons en carafe pour... » (elle sortit un bout de papier de son sac) « ... J'aimerais savoir comment on dit : *"What a cute little church, what a big snowdrift."* Nous avons commencé par le français et Armande pense que *"snowdrift"* est rafale de neige, mais moi je suis sûre que ce n'est pas rafale en français, ni *"rafalovitch"*, ou le mot qu'ils emploient pour désigner une tempête de neige, en russe.

— Le mot que vous cherchez, dit notre Person, c'est « congère », du genre féminin. Je le tiens de ma mère.

— Alors, c'est "*sougrob*" en russe», dit Armande, qui ajouta avec une pointe d'ironie: «Seulement, il n'y aura pas beaucoup de neige au mois d'août.»

Julia riait. Julia avait l'air heureuse et bien portante. Julia avait même embelli depuis deux ans. Vais-je maintenant la voir dans mes rêves avec ces nouveaux sourcils, ces cheveux longs? Combien de temps faut-il aux rêves pour rattraper les modes nouvelles? Le prochain rêve en restera-t-il toujours à sa coiffure de poupée japonaise?

«Je vais commander quelque chose pour vous», dit Armande à Percy, sans toutefois accompagner cette phrase du geste habituel.

Percy dit qu'il prendrait bien une tasse de chocolat. C'était terriblement fascinant de rencontrer en public une ancienne flamme! Armande n'avait rien à craindre, naturellement. *Elle* était d'une classe absolument à part, hors concours. Hugh se souvint de la célèbre nouvelle de R..., *Trois Temps*.

«Il y a encore une question que nous n'avons pas tout à fait réglée, Armande, non?

— Nous en avons parlé pendant deux heures», déclara Armande d'un ton plutôt bougon, ne se rendant pas compte, peut-être, qu'elle n'avait rien à craindre.

La fascination appartenait à un ordre totalement différent, purement intellectuel ou artistique, comme on le montrait si bien dans *Trois Temps*: un homme du monde en smoking bleu nuit soupe sur une terrasse éclairée avec trois beautés aux épaules nues, Alice, Béata et Claire, qui se rencontrent pour la première fois. A... est une de ses anciennes flammes, B... sa maîtresse du moment, C... sa future femme.

Il regrettait maintenant de n'avoir pas pris de café, comme Armande et Julia. Le chocolat se révéla imbuvable. «You» reçut séparément une tasse de lait chaud, un peu de sucre et un mignon petit sachet. «You» déchira le bord supérieur du sachet, ajouta la poussière beige qu'il contenait au lait impitoyablement homogénéisé de la tasse, prit une gorgée... et rajouta dare-dare un peu de sucre. Mais tout le sucre du monde n'aurait pu améliorer le breuvage insipide, affligeant et trompeur.

Armande, qui avait suivi les diverses phases de l'étonnement et de l'incrédulité de Hugh, sourit et dit:

«Maintenant, vous savez ce qu'est devenu le "chocolat chaud" en Suisse. Ma mère», poursuivit-elle en se tournant vers Julia (laquelle, avec le sans-gêne révélateur du Temps Passé, et bien qu'en fait elle tirât vanité de sa réserve, avait projeté sa petite cuiller vers la tasse de Hugh et prélevé un échantillon), «ma mère a littéralement éclaté en sanglots la première fois qu'on lui a servi cette concoction, tant elle avait gardé de tendresse dans son souvenir pour le chocolat de son enfance en chocolat.

— Absolument infect», convint Julia en léchant ses lèvres pâles et charnues, «mais je le préfère tout de même à notre *fudge* américain.

— C’est parce que tu es la créature la moins patriotique du monde», affirma Armande.

Le charme du Temps Passé résidait dans son caractère secret. Connaissant Julia, Hugh était tout à fait sûr qu’elle ne s’était pas risquée à parler de leur aventure à une amie de rencontre – une petite gorgée parmi des douzaines de rasades. Ainsi, à ce moment précieux et fragile, Julia et lui (alias Alice et le narrateur) scellèrent un pacte du passé, alliance intangible contre la réalité telle qu’elle était représentée par ce coin de rue volubile, avec ses voitures qui passaient en sifflant, ses arbres et ses étrangers. Le B. du trio était le Bourdonnant Witt, et la grande inconnue – nouveau déferlement de plaisir – sa bien-aimée du lendemain, Armande ; et Armande ignorait tout autant le futur (que l’auteur, bien entendu, connaissait dans ses moindres détails) que le passé – ce passé que Hugh regoûtait maintenant grâce à son lait additionné de poudre brune. Hugh, qui était un sentimental et, tout compte fait, pas une très *bonne* Personne (les bonnes sont au-dessus de cela – il n’était qu’un gentil Person), regrettait qu’aucune musique n’accompagnât la scène, qu’aucun violoneux roumain ne plongeât vers son cœur pour saluer deux initiales enlacées. Le haut-parleur du café ne diffusait même pas une version mécanisée de *Fascination* (une valse). Il y avait pourtant une sorte d’accompagnement rythmé, formé par les voix des piétons, les tintements de la vaisselle, le vent de l’altitude dans la masse vénérable du marronnier du coin.

Ils se levèrent. Armande lui rappela l'excursion du lendemain. Julia lui serra la main et le supplia de prier pour elle au moment où elle dirait à ce poète très connu, très ardent, «je t'aime» en russe – qui donnait en anglais (en se gargarisant) *«yellow blue tibia»*. Ils se séparèrent. Les deux jeunes filles montèrent dans l'élégante petite voiture de Julia. Hugh commença à marcher dans la direction de son hôtel, mais s'arrêta tout à coup en poussant un juron et retourna chercher son paquet.

CHAPITRE QUATORZE

Vendredi matin. Un coca-cola en vitesse. Un rot. Un rasage rapide. Il mit ses habits de tous les jours et son pull à col roulé – pour l'effet. Une dernière entrevue avec le miroir. Il arracha un poil noir d'une narine rouge.

La première déception de la journée l'attendait sur le coup de sept heures au lieu de rendez-vous (la place de la Poste), où il la trouva escortée de trois jeunes athlètes, Jack, Jake et Jacques, dont il avait vu les visages cuivrés l'entourer de leurs sourires sur l'une des dernières photos du quatrième album. Remarquant le va-et-vient maussade de sa pomme d'Adam, elle suggéra gaiement qu'après tout il ne tenait peut-être pas à se joindre à eux, « parce que nous voulons monter à pied jusqu'au seul téléphérique en service l'été, et que c'est une rude ascension si l'on n'a pas l'habitude ». Enserrant d'un bras la jeune effrontée, Jacques-aux-dents-blanches fit observer d'un air confidentiel que « Monsieur » ferait mieux de mettre des chaussures plus robustes, mais Hugh répliqua qu'en Amérique on allait en excursion chaussé de n'importe quelle vieille paire de souliers, et même d'espadrilles.

« Nous espérions vous persuader d'apprendre à skier, dit Armande. Nous rangeons tout notre fourbi là-haut, chez le type qui dirige l'établissement ; il ne manquera pas de vous dénicher quelque chose. Vous saurez godiller au bout de cinq leçons, pas vrai, Percy ? Je pense qu'il vous faudra aussi un anorak. C'est peut-être l'été ici à six cents mètres, mais là-haut, à trois mille, on est au pôle Nord.

— La petite a raison », dit Jacques avec une feinte admiration et en lui tapotant l'épaule.

« Une balade d'une quarantaine de minutes, renchérit l'un des jumeaux. Rien de meilleur pour vous assouplir les jambes avant la descente. »

Il devint vite clair que Hugh ne pourrait pas soutenir leur cadence jusqu'au départ du téléphérique, situé à treize cents mètres, juste au nord de Witt. La petite « balade » promise s'avéra être une horrible expédition, pire que tout ce qu'il avait enduré à l'école au cours de pique-niques dans le Vermont ou le New Hampshire. Le sentier consistait en montées très raides et en descentes très glissantes suivies d'autres ascensions vertigineuses au flanc d'autres bosses, et il était semé de racines, de cailloux et d'ornières. Il peinait, il suait, le malheureux Hugh, derrière le chignon blond d'Armande, tandis qu'elle suivait allégrement l'allègre Jacques. Les jumeaux anglais formaient l'arrière-garde. Si l'allure avait été un peu plus mesurée, Hugh aurait peut-être pu venir à bout de cette facile ascension, mais ses compagnons sans cœur ni cervelle allaient impitoyablement de l'avant, bondissant pratiquement à l'attaque des raidillons et glissant avec brio le long des descentes, que Hugh entreprenait les bras écartés, dans la posture d'un suppliant. Il refusa d'emprunter la canne qu'on lui offrait, mais finalement, après vingt minutes de tourments, mendia un court instant de répit. Il fut bien déconfit, car Armande continua et ce furent Jack et Jake qui restèrent avec lui pendant qu'il reprenait son souffle, assis sur une pierre, la tête baissée, une perle de sueur suspendue à son nez pointu. Les jumeaux étaient peu loquaces; ils se contentèrent d'échanger des regards silencieux, debout un peu plus haut sur le sentier, les mains aux hanches. Hugh sentit diminuer leur sympathie et il les conjura de poursuivre leur chemin: il les rejoindrait bientôt. Après leur départ, il laissa passer quelques minutes, puis, clopin-clopant, retourna au village. Il fit une nouvelle halte entre deux bouts de forêt, cette fois-ci sur un éperon où un banc aveugle mais enthousiaste faisait face à une vue admirable.

Tandis qu'il fumait une cigarette en se reposant, il aperçut, très haut au-dessus de lui, le petit groupe bleu, gris, rose, rouge, qui lui faisait des signes depuis une corniche. Il répondit en agitant le bras, puis reprit sa lugubre descente.

Mais Hugh Person ne se tint pas pour battu. Formidablement chaussé, un alpenstock à la main, mâchant de la gomme, il les accompagna de nouveau le lendemain matin. Il insista pour qu'on le laisse grimper à son propre train et qu'on ne l'attende nulle part, et il serait arrivé au téléphérique s'il ne s'était égaré : il se retrouva au bout d'un chemin de charroi dans un terrain incendié après une coupe et envahi de ronces. Une autre tentative un ou deux jours plus tard réussit mieux. Il faillit atteindre la limite des arbres… mais là le temps changea, un brouillard humide l'enveloppa, et il passa deux heures à grelotter tout seul dans une étable nauséabonde, attendant que les brumes tourbillonnantes cessent de masquer le soleil.

Une autre fois, il s'offrit à porter une paire de skis qu'elle venait d'acheter – des objets vert reptile à l'aspect inquiétant, en métal et fibres de verre. Leurs attaches compliquées leur donnaient un air de famille avec ces trucs orthopédiques dont se servent les infirmes pour marcher. On lui permit de charger ces précieux skis sur ses épaules ; miraculeusement légers au début, ils devinrent vite aussi lourds que de grosses plaques de malachite, sous lesquelles il tituba dans le sillage d'Armande comme un clown aidant à changer les accessoires entre deux numéros de cirque. On lui arracha son fardeau dès qu'il s'assit pour souffler. On lui offrit en échange un sac de papier (quatre petites oranges), mais il le repoussa sans même tourner la tête.

Notre Person était opiniâtre et monstrueusement amoureux. Un élément de conte de fée semblait imprégner de son eau de rose médiévale toutes ses tentatives pour escalader les remparts du Dragon d'Armande. La semaine suivante il réussit, et on le jugea désormais moins encombrant.

CHAPITRE QUINZE

Assis et sirotant un rhum à la terrasse ensoleillée du café du Glacier, situé au-dessous de la cabane du Drakonita, il contemplait avec une certaine complaisance, sous l'effet stimulant de l'alcool dans l'air de la montagne, les champs de ski qui l'entouraient (quelle vue magique après tant d'eau et d'herbe détrempée !) ; en embrassant du regard la croûte glacée des pistes du haut, les chevrons bleus plus bas, les petites silhouettes multicolores piquées sur l'éclatante blancheur par le pinceau du hasard comme elles auraient pu l'être par celui d'un maître flamand, Hugh se disait que l'ensemble pourrait faire une admirable couverture pour *Christies and Other Lassies*, l'autobiographie d'un grand skieur (entièrement revue et enrichie par divers collègues du bureau), dont il venait de corriger le manuscrit en marquant de points d'interrogation en marge – il s'en souvenait maintenant – des mots tels que *« godilles »* et *« wedeln »* (rom. ?). C'était drôle de regarder par-dessus son troisième verre les petits personnages peints qui dévalaient, perdaient un ski ici, un bâton là, ou viraient victorieusement dans un poudroiement d'argent. Passant au kirsch, Hugh Person se demanda s'il pourrait se forcer à suivre le conseil d'Armande (« Un grand beau Yankee à l'air nonchalant et sportif qui ne sait pas skier ! ») et s'identifier à l'un de ces gaillards qui fonçaient avec une parfaite élégance, ou bien s'il serait condamné à répéter indéfiniment l'arrêt qui suit la chute du néophyte corpulent, étendu sur le dos les quatre fers en l'air dans une immobilité à la fois bonhomme et sans espoir.

Ses yeux éblouis et larmoyants ne lui permirent jamais de repérer Armande parmi les skieurs. Une fois, pourtant, il crut bien l'avoir attrapée, qui flottait et flamboyait dans son anorak rouge, tête nue, gracieuse à en perdre le souffle, et là sautait une bosse, se rapprochait à une allure vertigineuse, disparaissait brusquement derrière un repli... pour se muer en une inconnue à grosses lunettes.

Bientôt elle apparut à l'autre bout de la terrasse, laquée de nylon vert ; elle portait ses skis sur l'épaule, mais avait gardé aux pieds ses formidables chaussures. Il avait passé assez de temps à étudier l'équipement de ski dans les magasins suisses pour savoir que le cuir avait été remplacé par du plastique, et les lacets par des crochets.

« On dirait la première femme sur la Lune », dit-il en désignant ses pieds, et Armande aurait remué les orteils comme le fait une femme en entendant un compliment sur ses chaussures (le sourire des orteils substitué à la bouche en cœur), si celles-ci avaient été moins serrées.

« Écoutez, dit-elle en examinant ses Mondstein Sexy (leur invraisemblable nom), je vais laisser mes skis ici et je mettrai des souliers de marche pour rentrer à Witt seule avec vous. Jacques et moi nous sommes disputés et il est parti avec ses chers amis. Tout est fini, Dieu merci ! »

Assise en face de lui dans la cabine céleste, elle lui fit un récit relativement policé de ce qu'elle allait lui raconter un peu plus tard avec des détails aussi crus que choquants. Jacques avait exigé sa présence aux séances d'onanisme qu'il tenait avec les jumeaux Blake dans leur chalet. Une fois déjà il avait forcé Jake à exhiber son instrument devant elle, mais elle avait tapé du pied et exigé qu'ils se tiennent convenablement. Jacques venait maintenant de lui adresser un ultimatum : ou bien elle participait à leurs vilains jeux, ou bien il cessait d'être son amant. Elle voulait bien être ultramoderne dans son comportement social et sexuel, mais cette dernière exigence était injurieuse, et vulgaire, et aussi vieille que la Grèce.

La cabine aurait continué à glisser indéfiniment dans une brume bleue digne du paradis, si elle n'avait été arrêtée par un vigoureux employé juste avant de pivoter et de remonter. Ils sortirent de l'habitacle. C'était le printemps dans le hangar où la mécanique s'acquittait sans relâche de ses humbles fonctions. Sur un « excusez-moi ! » pincé, Armande s'absenta un moment. Dehors, il y avait des vaches parmi les pissenlits, et le poste de radio de la buvette contiguë diffusait de la musique.

Dans le timide émoi d'un jeune amour, Hugh

se demandait s'il oserait l'embrasser au cours d'une des haltes probables de leur descente sur le sentier sinueux. Il essaierait dès qu'ils auraient atteint la zone des rhododendrons, où ils s'arrêteraient peut-être, elle pour retirer son anorak, lui pour enlever un gravillon de son soulier droit. Les rhododendrons et les genévriers cédèrent la place aux aulnes et la voix familière du désespoir se mit à le presser de remettre à une prochaine occasion le gravillon et le baiser de papillon. Ils étaient entrés dans la forêt de sapins lorsqu'elle s'arrêta, jeta un regard alentour et dit (d'un ton aussi dégagé que si elle lui proposait de cueillir des champignons ou des framboises) :

« Et maintenant, on va faire l'amour. Je connais un gentil petit coin tapissé de mousse juste derrière ces arbres où nous ne serons pas dérangés, si tu fais vite. »

Des pelures d'oranges marquaient l'emplacement. Il voulut la serrer dans ses bras lors des préliminaires exigés par sa chair désarçonnée (le « vite » avait été une erreur), mais elle se déroba d'un saut de carpe et s'assit parmi les myrtilles pour retirer ses chaussures et son pantalon. Le désarroi de Hugh s'accrut encore à la vue des collants noirs en grosse laine côtelée qu'elle portait sous son pantalon de ski. Elle ne consentit pas à les baisser plus qu'il n'était strictement nécessaire, et ne le laissa pas davantage l'embrasser et lui caresser les cuisses.

« Pas de veine », conclut-elle au bout d'un moment, mais, lorsqu'elle se tortilla contre lui pour essayer de remonter sa culotte, il retrouva d'un seul coup la puissance qui lui était indispensable pour faire ce qu'on attendait de lui.

« On va rentrer à la maison maintenant », dit-elle du même ton neutre aussitôt la chose faite, et, sans parler, d'un pas rapide, ils reprirent leur descente.

Au premier contour que fit le sentier, ils virent s'étaler à leurs pieds le premier verger de Witt ; au-dessous, on apercevait le miroitement d'un ruisseau, un chantier de bois, des herbages fauchés, des chalets bruns.

« J'ai horreur de Witt, dit Hugh, horreur de la vie, horreur de moi-même, horreur de ce vieux banc dégueulasse. »

Elle s'arrêta pour regarder dans la direction qu'indiquait un doigt farouche et Hugh la serra dans ses bras. Elle tenta tout d'abord d'éviter ses lèvres, mais il s'acharna. Brusquement elle céda, et un petit miracle se produisit. Son visage ondula sous un frémissement de tendresse comme un reflet sous la brise. Ses cils étaient mouillés, ses épaules tremblaient dans l'étreinte de Hugh. Ce moment de douce angoisse ne devait jamais se répéter – ou, plus précisément, le temps de revenir, une fois achevé le cycle inhérent à son rythme, ne lui serait jamais accordé ; pourtant ce court instant où elle vibra à l'unisson avec le soleil, les cerisiers, le paysage pardonné, donna le ton à sa nouvelle existence à lui, et l'imprégna du sentiment que « tout allait bien », malgré les pires accès de mauvaise humeur, les caprices les plus sots et les exigences les plus dures d'Armande. C'est ce baiser, et non tout ce qui l'avait précédé, qui marqua le véritable début de leurs fiançailles.

Elle se dégagea sans dire un mot. Une longue colonne de petits garçons suivis d'un chef scout grimpaient dans leur direction sur le sentier abrupt. L'un d'eux escalada un rocher arrondi, puis sauta à terre avec un glapissement joyeux. *« Grüss Gott ! »* dit le moniteur en croisant Armande et Hugh. *« Hello there ! »* répondit Hugh. « Il va te prendre pour un fou », constata Armande.

Passé un petit bois de hêtres et un ruisseau, ils atteignirent les abords du village. Un raccourci – un ravin bourbeux entre des chalets en construction – les ramena à la Villa Nastia. Anastasia Pétrovna était dans la cuisine, occupée à arranger des fleurs dans les vases.

« Maman, viens ici ! s'écria Armande, *jénikha privéla*, j'ai amené mon fiancé. »

CHAPITRE SEIZE

Witt avait un nouveau court de tennis. Un jour, Armande invita Hugh à l'affronter en un set.

Dès l'enfance et ses frayeurs nocturnes, dormir avait été le grand problème de notre Person. Et ce problème était double. D'une part, Hugh devait courtiser le noir automate parfois pendant des heures, en repassant automatiquement dans son esprit le film de certaine action; d'autre part, et c'était là son second tourment, le sommeil, une fois venu, le plongeait dans un état quasi démentiel. Il refusait de croire que des gens convenables pussent faire des cauchemars aussi obscènes et absurdes que ceux qui ravageaient ses nuits et continuaient à le taquiner toute la journée du lendemain. Ni les récits de mauvais rêves que lui faisaient incidemment des amis, ni les cas exposés, avec leurs explications saugrenues, dans les clés des songes freudiennes, ne présentaient quoi que ce fût de comparable à l'ignominie des images qui l'assaillaient presque chaque nuit.

Dans son adolescence, il essaya de résoudre la

première partie du problème par une méthode ingénieuse qui réussit mieux que les pilules (trop légers, les cachets provoquaient un sommeil insuffisant, trop forts, ils intensifiaient les visions monstrueuses). La méthode qu'il adopta consistait à se répéter mentalement, avec une précision de métronome, les coups successifs d'un jeu de plein air. Le seul jeu qu'il eût pratiqué dans sa jeunesse et pouvait encore pratiquer à quarante ans était le tennis. Non seulement il jouait de façon acceptable et avec une certaine aisance de style (acquise des années plus tôt au contact d'un fougueux cousin qui entraînait les garçons de l'école que son père avait dirigée en Nouvelle-Angleterre), mais il avait inventé un coup que ni Guy, ni le beau-frère de Guy, professionnel encore plus compétent, n'arrivaient à reproduire ou à parer. C'était virtuellement de l'art pour l'art, puisque le coup en question ne pouvait s'accommoder des peu commodes balles basses, qu'il exigeait une posture parfaitement équilibrée (peu facile à adopter précipitamment), et qu'à lui seul il ne lui fit jamais gagner de partie. Le Coup de Person s'exécutait le bras tendu, rigide, et alliait à un drive vigoureux un coup tranchant qui suivait la balle depuis le moment de l'impact jusqu'à l'achèvement du coup proprement dit. L'impact (et c'était là le plus beau de l'affaire) devait se produire dans le haut des cordes, au moment où le joueur, placé assez loin du rebond, se détendait pour toucher la balle. Le rebond devait monter assez haut pour que la tête de la raquette y adhérât correctement sans trace de «torsion», et afin que la balle «collée» fût ensuite projetée en une trajectoire tendue. Si l'accrochage était trop bref, ou s'il était entamé trop bas, vers le centre de la raquette, il en résultait une «savate» ordinaire, flasque et à courbe peu serrée, très facile, naturellement, à renvoyer ; mais, exécuté avec précision, le coup se répercutait avec un claquement sec dans tout l'avant-bras, et la balle filait en une trajectoire parfaitement droite et parfaitement maîtrisée vers un point proche de la ligne de fond. En frappant le sol, elle s'y accrochait de la même manière, semblait-il, qu'elle avait adhéré aux cordes au moment du coup. Tout en conservant sa vitesse initiale, elle s'élevait à peine de terre. En fait, Person estimait qu'avec un entraînement formidable qui absorberait tout son temps il obtiendrait une balle sans aucun rebond, roulant, rapide comme l'éclair, à la surface du court. Personne ne pouvait renvoyer une balle sans rebond et le coup serait vraisemblablement interdit rapidement pour manque de sportivité. Mais, même à l'état d'ébauche mal dégrossie, il procurait à son inventeur une vive satisfaction. Invariablement le renvoi était loupé le plus cocassement du monde, car la balle, fonçant très bas, refusait de se laisser ramasser ou simplement frapper correctement. Les deux Guy étaient intrigués et agacés chaque fois que Hugh réussissait son «drive accrocheur» – ce qui, malheureusement pour lui, n'était guère fréquent. Il se consolait en n'expliquant pas à ces professionnels déconcertés qui s'efforçaient d'imiter le coup (et n'obtenaient jamais qu'un effet médiocre) que l'astuce consistait non pas à couper la balle mais à l'accrocher – et à l'accrocher au bon endroit : à la tête des cordes – ainsi qu'à garder le bras rigide pendant la détente. Hugh cultiva ce coup des années dans son esprit, longtemps après que les occasions de s'en servir se furent réduites à une ou deux balles dans une partie décousue. (En fait, c'est à Witt, ce jour-là, avec Armande, qu'il l'exécuta pour la dernière fois : Armande quitta le court et Hugh, malgré ses cajoleries, ne put la faire revenir.) Il s'en était servi surtout pour s'endormir, et il le perfectionna considérablement au cours de ces exercices somnifères, accélérant par exemple sa préparation (quand il avait affaire à un service rapide), et apprenant à reproduire à rebours son reflet dans un miroir (au lieu de courir autour de la balle comme un dératé). À peine avait-il trouvé un endroit confortable pour sa joue sur l'oreiller frais et doux que l'élancement familier, voluptueux, commençait à parcourir son bras, et qu'il remportait jeu sur jeu. Il y avait des satisfactions supplémentaires, comme d'expliquer à un journaliste somnolent : « Coupez-la rudement, mais gardez-la intacte ! » ou de remporter, dans une brume euphorique, la coupe Davis débordante de sommeil.

Pourquoi avait-il abandonné ce remède particulier contre l'insomnie après son mariage avec Armande ? Sûrement pas parce qu'elle avait critiqué son coup favori, qu'elle trouvait insultant et assommant ? Était-ce la nouveauté du lit partagé et la présence d'un autre cerveau bourdonnant près du sien qui perturbaient l'intimité de la routine soporifique ? Peut-être. Quoi qu'il en soit, il avait cessé d'essayer et s'était persuadé qu'une ou deux nuits blanches par semaine constituaient pour lui une norme inoffensive. Les autres nuits, il se contentait de passer en revue les événements de la journée (un automate indépendant), les soucis et les misères du train-train quotidien, avec, de temps à autre, cette plume de paon que les psychiatres des prisons appelaient « avoir des rapports ».

Il avait bien dit qu'en plus de sa difficulté à s'endormir il faisait de l'angoisse onirique ?

De l'angoisse onirique, tout juste ! Pour ce qui était de la récurrence de certains thèmes de cauchemars, il était sûr d'éclipser les fous les plus fous. Il pouvait, dans certains cas, établir une première et grossière ébauche, à laquelle succédaient de nouvelles versions convenablement espacées dans le temps ; il modifiait d'infimes détails, polissait la trame, introduisait quelque situation répugnante supplémentaire ; et pourtant, à chaque fois, c'était encore une version de la même histoire – par ailleurs inexistante – qu'il récrivait. Voyons les situations « répugnantes » ! Eh bien ! un rêve érotique, en particulier, était revenu constamment, avec une insistance imbécile, pendant des années avant et après la mort d'Armande. Dans ce rêve, que le psychiatre (un personnage inquiétant, fils d'un soldat inconnu et d'une gitane) rejeta sous prétexte qu'il était « beaucoup trop direct », on lui présentait une belle endormie sur un grand plateau garni de fleurs, et en même temps un choix d'instruments sur un coussin. Ceux-ci différaient en longueur et en largeur, et leur nombre et leur assortiment variaient d'un rêve à l'autre. Ils étaient disposés sur un rang, dans un alignement parfait : une trompe d'un mètre de long en fibre vulcanisée avec une tête violette, puis une barre polie, courte et épaisse, puis encore un machin long et effilé qui ressemblait à une broche, avec en alternance des rondelles de viande crue et des bandes de saindoux translucides, et cætera – les échantillons mentionnés étaient pris au hasard. Il n'y avait pas de raison de choisir l'un plutôt que l'autre – l'instrument de corail, ou celui de bronze, ou le terrible outil de caoutchouc – puisque l'objet qu'il saisissait changeait de forme et de taille et ne pouvait s'adapter correctement à sa propre anatomie : il se détachait au point de combustion, ou se cassait en deux entre les jambes ou les os de la dame plus ou moins désarticulée. Il désirait souligner le point suivant avec la plus vigoureuse et farouche conviction antifreudienne : ces tourments oniriques n'avaient rien à voir, ni directement ni dans un sens « symbolique », avec tout ce qu'il avait pu éprouver dans sa vie consciente. Le thème érotique n'était qu'un thème parmi d'autres, de même que *Un gars pour le plaisir* s'inscrivait comme une fantaisie extrinsèque dans l'œuvre romanesque du sérieux, trop sérieux écrivain qu'un roman récemment paru avait ridiculisé.

Au cours d'une autre épreuve nocturne non moins sinistre, il tentait de boucher ou de détourner un petit filet de graines ou de gravillons coulant d'une fissure dans le tissu de l'espace, et se voyait entravé de toutes les façons possibles par des matières fibreuses, filamenteuses et arachnéennes, par un chaos de creux et de bosses, de débris broyés, de colosses décollés. Pour finir, des masses de détritus le paralysaient, et *cela*, c'était la mort. Les cauchemars « d'avalanche » qui accompagnaient la ruée du réveil étaient moins effrayants, mais peut-être plus périlleux encore pour le cerveau d'un être humain : l'avalanche devenait mouvement de colluvions verbales dans les vallées de Thourne et de Rethourne, dont les rochers gris arrondis sont appelés « Roches étonnées » à cause de l'air grimaçant et perplexe que donnent à leur surface les « lunettes noires » des écarquillages. L'homme qui rêve est un imbécile pas entièrement dépourvu de ruse animale ; la faille funeste dans son esprit correspond au bredouillement que provoque la collision de certaines allitérations : « les risques qu'esquivent les skieurs. »

On lui dit que c'était bien dommage qu'il n'ait pas vu *son* psychanalyste dès que les cauchemars avaient empiré. Il répliqua qu'il ne possédait pas de psychanalyste. Fort patiemment, le médecin expliqua qu'il n'avait pas employé l'adjectif au sens possessif mais dans son acception courante, comme, par exemple, dans les réclames du genre : « Demandez à votre épicier ! »

Armande n'avait-elle jamais consulté de psychanalyste ? S'il s'agissait de Mrs. Person, et non d'une fillette ou d'un chat, la réponse était non. Avant son mariage, elle s'était apparemment intéressée au néo-bouddhisme et à ce genre de trucs, mais en Amérique de nouveaux amis lui avaient vivement conseillé de se faire, comment dites-vous, analyser, et elle avait dit qu'elle tenterait peut-être l'expérience quand elle aurait achevé ses études orientales.

On expliqua à Hugh qu'en appelant Armande par son prénom on avait tout bonnement cherché à créer une ambiance décontractée. On le faisait toujours. Hier encore on avait mis un autre prisonnier complètement à l'aise en lui disant : « Vous feriez mieux de raconter vos rêves à votre Tonton, sinon vous pourriez griller. » Est-ce que Hugh, ou plutôt Mr. Person, ressentait des « impulsions destructrices » dans ses rêves ? Ce point n'avait pas été suffisamment éclairci. Le terme lui-même n'était peut-être pas suffisamment clair. Un sculpteur pouvait sublimer son impulsion destructrice en attaquant un objet inanimé avec un ciseau et un marteau. Les grosses opérations étaient un des moyens les plus efficaces pour drainer cette impulsion : un chirurgien respecté, mais à qui la chance n'avait pas toujours souri, avait reconnu en privé qu'il avait beaucoup de mal à s'empêcher de charcuter tous les organes qu'il apercevait au cours d'une opération. Chacun avait ses tensions secrètes, qui s'accumulaient depuis la toute première enfance. Hugh ne devait pas en avoir honte.

En fait, à la puberté le désir sexuel se substitue au désir de tuer, que l'on assouvit habituellement dans ses rêves, et l'insomnie n'est pas autre chose que la crainte de découvrir ses désirs inconscients de meurtre et de sexualité dans le sommeil. Environ quatre-vingts pour cent des rêves de l'homme adulte sont de nature sexuelle. Voyez les découvertes de Clarissa Dark – elle a travaillé toute seule sur quelque deux cents détenus en bonne santé dont les peines furent diminuées, bien sûr, du nombre de nuits qu'ils avaient passées au dortoir du Centre. Eh bien ! elle constate que cent soixante-dix-huit de ces hommes avaient de puissantes érections pendant la phase du sommeil appelée AMOR (Avec Mouvements Oculaires Rapides), caractérisée par des visions causant un balancement ophtalmique libidineux, une manière d'œillades internes. À propos, quand Mr. Person s'était-il mis à haïr Mrs. Person ? Pas de réponse. Peut-être la haine avait-elle toujours fait partie de ses sentiments à son égard ? Pas de réponse. Lui avait-il jamais acheté un chandail à col roulé ? Pas de réponse. Avait-il été agacé quand elle s'était plainte qu'il lui serrât trop le cou ?

« Je vais vomir, dit Hugh, si vous continuez à m'importuner avec toutes ces odieuses inepties. »

CHAPITRE DIX-SEPT

Nous parlerons maintenant de l'amour. Quelles paroles puissantes, quelles armes sont enfouies dans les montagnes, en des endroits appropriés, dans des cachettes spéciales du cœur de granit, derrière des surfaces d'acier peintes pour ressembler aux bigarrures des roches environnantes ! Mais, lorsque Hugh Person, pendant la brève période de ses fiançailles et de son mariage, avait envie de manifester son amour, il ne savait où chercher les mots qui la convaincraient, l'émouvraient, amèneraient des larmes brillantes à ses yeux noirs et durs ! En revanche, quelque chose qu'il disait par hasard, sans idée de poésie ou de pathos, une expression insignifiante, avait pour résultat de déclencher soudain en cette femme au cœur sec, foncièrement malheureuse, une réaction de bonheur hystérique. Les tentatives étudiées échouaient. Si, comme cela arrivait parfois aux heures les plus grises, Hugh interrompait sa lecture pour entrer dans la chambre de sa femme, sans la moindre pulsion sexuelle, et se traînait vers elle sur les genoux et les coudes, glapissant son adoration comme un aï extatique d'un genre non arboricole et non répertorié, Armande lui enjoignait froidement de se relever et de cesser de faire l'idiot. Les vocatifs les plus ardents qui lui venaient à l'esprit – ma princesse, mon trésor, mon ange, ma bête, ma brute exquise – ne faisaient qu'exaspérer Armande. « Pourquoi, s'enquit-elle, ne peux-tu me parler naturellement, comme un être humain, comme un monsieur parle à une dame, pourquoi faut-il que tu te livres à de telles pitreries, pourquoi ne peux-tu être sérieux et simple et digne de foi ? » Mais l'amour, dit-il, n'était rien moins que digne de foi, la vie *était* ridicule, les rustres se riaient de l'amour. Il essayait de baiser l'ourlet de sa jupe ou de mordiller le pli de son pantalon, la cambrure et l'orteil de son pied courroucé, et, tandis qu'il se vautrait devant elle, marmottant de sa voix si peu musicale, pour lui seul, semblait-il, des paroles exotiques, insolites, banales, larmoyantes, qui signifiaient tout et rien, la simple manifestation de l'amour se dégradait en une sorte de parade nuptiale que l'oiseau mâle exécutait tout seul, sans femelle en vue – long cou tendu, puis recourbé, bec plongeant, cou redressé. Il en ressentait de la honte, mais il ne pouvait s'arrêter, et elle ne pouvait comprendre, car, à ces moments-là, jamais il ne trouvait le mot juste, l'herbe aquatique succulente.

Il l'aimait, bien qu'elle ne fût pas aimable. Armande avait beaucoup de traits de caractère fâcheux, pas si rares à vrai dire, qu'il acceptait en bloc comme les clés absurdes d'une ingénieuse devinette. Elle traita sa mère, en face, de *skotina*, « brute » – sans savoir, naturellement, qu'elle ne la reverrait jamais après son départ avec Hugh pour New York et la mort. Elle aimait donner des réceptions soigneusement organisées, et, même si telle ou telle réunion élégante avait eu lieu longtemps auparavant (dix, quinze mois, ou plus tôt encore avant son mariage, dans la maison de sa mère à Bruxelles ou à Witt), elle se la rappelait, car toutes les réceptions et tous les sujets abordés étaient conservés à jamais dans le givre bourdonnant de son esprit si ordonné. Rétrospectivement, ces mondanités lui apparaissaient comme des étoiles sur le voile d'un passé ondoyant, et ses invités comme les extrémités de sa propre personnalité : des endroits vulnérables, qu'il fallait traiter dans l'avenir avec un respect nostalgique. Si, d'aventure, Julia ou June déclarait n'avoir jamais rencontré C..., le critique d'art (cousin de feu Charles Chamar), alors que toutes deux, June et Julia, avaient assisté à *cette* réception, selon le registre de son esprit, Armande pouvait devenir fort désagréable. Elle dénonçait cette méprise avec une nonchalance dédaigneuse et ajoutait, en se contorsionnant comme si elle exécutait une danse du ventre : « Dans ce cas, vous avez dû oublier aussi les petits sandwiches du père Igor (un magasin spécialisé) que vous avez tant appréciés. » Hugh n'avait jamais vu caractère plus détestable, amour-propre plus morbide, nature aussi égocentrique. Si Julia, son ancienne compagne de ski et de patinage, la trouvait adorable, la plupart des femmes la critiquaient et contrefaisaient dans leurs bavardages téléphoniques ses pitoyables artifices d'attaque ou de défense. Quelqu'un commençait-il à dire : « Peu avant que je ne me casse la jambe... », elle l'interrompait d'un triomphant : « Et moi, je me suis cassé les deux dans mon enfance ! » Pour quelque raison cachée, elle empruntait un ton de voix ironique et généralement déplaisant lorsqu'elle s'adressait en public à son mari.

Elle avait d'étranges lubies. La dernière nuit de leur lune de miel à Stresa (le patron de Hugh réclamait impérieusement son retour à New York), elle décréta que, selon les statistiques, les dernières nuits passées dans des hôtels sans escalier de secours étaient les plus dangereuses, et leur hôtel, dans son style massif et désuet, paraissait en effet tout ce qu'il y a de plus combustible. Pour une raison quelconque, les producteurs de télévision trouvent que rien n'est plus photogénique ou universellement captivant qu'un bel incendie. Armande, en regardant les informations de la télévision italienne, avait été bouleversée, ou feint d'être bouleversée (elle aimait se rendre intéressante), par les images d'une catastrophe de ce genre – des petites flammes semblables à des fanions de slalom, et d'autres gigantesques, surgies comme d'imprévisibles démons, des jets d'eau qui jaillissaient en volutes entrecroisées comme autant de fontaines rococo, et des hommes intrépides, en cirés luisants, qui dirigeaient toutes sortes de manœuvres confuses dans une fantasmagorie de fumée et de destruction. Cette nuit-là, à Stresa, elle voulut à tout prix qu'ils s'entraînent (lui en short de nuit, elle en pyjama de Tchoudo-Youdo) à un sauvetage acrobatique dans les ténèbres orageuses, en descendant le long de la façade hyperdécorée de l'hôtel depuis leur quatrième étage jusqu'au deuxième, et de là sur le toit d'une galerie, entre les oscillations d'arbres protestataires. Hugh s'efforça vainement de la raisonner. La fougueuse Armande affirma qu'en spécialiste de la varappe elle savait qu'on pouvait le faire si l'on se servait des divers ornements, grosses saillies et petits balcons à balustres, comme de points d'appui pour les pieds. Elle ordonna à Hugh de la suivre en braquant sur elle une lampe de poche. Il était aussi censé rester assez près d'elle pour pouvoir lui venir en aide, le cas échéant, en la tenant suspendue, et par conséquent élongée, au-dessus du vide, pendant qu'elle explorerait sa prochaine prise de son orteil nu.

Hugh, malgré la puissance de ses avant-bras, était un anthropoïde singulièrement maladroit. Il fit un beau gâchis de l'exploit. Il se trouva bloqué sur une corniche juste au-dessous de leur balcon. Sa lampe zigzagua sur une petite partie de la façade avant de lui échapper. De son perchoir il appela Armande, l'implorant de revenir. Un contrevent s'ouvrit brusquement sous ses pieds. Hugh réussit à regrimper sur son balcon, d'où il continua à hurler le nom de sa femme, encore qu'il fût persuadé qu'elle avait péri dans l'aventure. On la découvrit toutefois un peu plus tard dans une chambre du troisième étage, roulée dans une couverture et fumant tranquillement une cigarette, tandis que l'inconnu dont elle avait usurpé le lit feuilletait une revue, assis sur une chaise à côté d'elle.

Les bizarreries érotiques d'Armande jetaient Hugh dans la perplexité et le désarroi. Il s'en accommoda pendant leur voyage. Elles devinrent affaire de routine lorsqu'il réintégra son appartement de New York avec une épouse difficile. Armande décida qu'ils feraient régulièrement l'amour vers l'heure du thé dans le living-room, comme s'il s'agissait d'une scène imaginaire, et sur un fond de menus propos. Les deux acteurs seraient convenablement vêtus, lui, portant son meilleur costume d'après-midi avec une cravate à pois, elle, une élégante robe noire fermée au cou. Pour sacrifier aux nécessités de la nature, ils pouvaient entrouvrir ou même défaire leurs sous-vêtements, mais seulement très, très discrètement, et sans interrompre un seul instant leur papotage mondain: toute impatience était taxée d'inconvenance, toute exhibition de monstruosité. Un journal ou un livre illustré dissimulait les préparatifs auxquels ce pauvre Hugh était rigoureusement tenu, et malheur à lui s'il tiquait ou se montrait défaillant durant leur commerce; mais il y avait bien pis que l'horrible tiraillement du long caleçon dans le chaos de son entrejambes pincé ou que le contact froid et désagréable des bas d'Armande, lisses comme une cuirasse: la nécessité préalable de l'échange de propos badins sur des connaissances, ou la politique, ou les signes du zodiaque, ou encore les domestiques ; pendant ce temps, toute hâte apparente bannie, mi-assis, mi-couché sur un petit divan inconfortable, il devait subrepticement mener à bien le cuisant labeur – jusqu'au dénouement convulsif. La médiocre virilité de Hugh n'aurait peut-être pas survécu à l'épreuve si Armande avait su cacher mieux qu'elle ne se le figurait l'excitation qu'elle tirait du contraste entre le fictif et le réel – contraste qui, après tout, n'est pas dénué de subtilité artistique si l'on pense aux mœurs de certains indigènes d'Extrême-Orient qui sont de véritables demeurés à bien d'autres égards. Mais son principal soutien était l'attente jamais déçue de l'extase éblouie qui peu à peu hébétait les traits du visage chéri d'Armande, malgré les efforts qu'elle faisait pour alimenter leur bavardage désinvolte. Dans un sens, il préférait le cadre du living-room au décor encore moins normal des rares occasions où elle voulait qu'il la possédât au lit, bien enfouie sous les couvertures, pendant qu'elle ragotait au téléphone avec une amie ou prenait plaisir à mystifier un inconnu. La faculté qu'avait notre Person d'excuser tout cela, de trouver des explications raisonnables, et cætera, nous le rend sympathique, mais provoque aussi parfois, hélas ! une franche hilarité. Par exemple, il se disait qu'elle refusait de se déshabiller parce qu'elle ne tenait pas à montrer ses petits seins pointus et sa cicatrice à la cuisse, séquelle d'un accident de ski. Cet idiot de Person !

Lui avait-elle été fidèle pendant tout le temps

qu'ils passèrent, après leur mariage, dans cette frêle, débraillée et joyeuse Amérique ? Au cours de leur premier et dernier hiver là-bas, elle était allée quelquefois faire du ski sans lui à Aval au Québec, ou à Chute dans le Colorado. Lorsqu'il était seul, il interdisait à ses pensées de s'attarder sur les banalités de la trahison – abandonner sa main à un individu ou lui permettre de l'embrasser en lui souhaitant une bonne nuit. Ces petits riens étaient pour lui aussi atroces à imaginer qu'aurait pu l'être une scène d'amour voluptueuse. Tant qu'elle était absente, une porte d'acier restait verrouillée dans son esprit, mais à peine était-elle revenue, le visage hâlé et luisant, la silhouette aussi pimpante que celle d'une hôtesse de l'air dans ce manteau bleu aux boutons plats, brillants comme des jetons en or, que quelque chose d'abominable se faisait jour en lui : une douzaine d'athlètes au corps souple se mettaient à tourner autour d'elle et à la forcer dans tous les motels de son esprit, bien qu'en fait, comme nous le savons, elle ne se fût donnée entièrement qu'à une douzaine d'as de la crevasse au cours de trois voyages.

Personne, et sa mère moins que quiconque, ne pouvait comprendre pourquoi Armande avait épousé un Américain plutôt ordinaire avec une situation pas très solide, mais il nous faut arrêter là notre discussion sur l'amour.

CHAPITRE DIX-HUIT

Dans la deuxième semaine de février, environ un mois avant que la mort ne les séparât, les Person allèrent passer quelques jours en Europe : Armande pour voir sa mère qui agonisait dans un hôpital belge (la fille dévouée arriva trop tard), et Hugh pour s'entretenir, à la demande de son employeur, avec Mr. R... et un autre écrivain américain qui résidait également en Suisse.

Il pleuvait à verse quand le taxi déposa Hugh devant la grande, vieille et laide maison de campagne de R... au-dessus de Versex. Il remonta une allée de gravier, entre deux rigoles qui charriaient une eau de pluie pétillante. Il trouva la porte d'entrée entrouverte, et, tandis qu'il piétinait le paillasson, découvrit avec une surprise amusée Julia Moore debout dans le vestibule devant la console du téléphone. Elle lui tournait le dos. La jolie coiffure de page et la blouse orange étaient celles du passé. Il avait fini de s'essuyer les pieds lorsqu'elle reposa le combiné et se transforma en une jeune fille inconnue, tout à fait différente.

« Je suis désolée de vous avoir fait attendre », dit-elle en fixant sur lui une paire d'yeux souriants. « Je remplace Mr. Tamworth, qui est en vacances au Maroc. »

Hugh Person entra dans la bibliothèque – une pièce confortablement meublée mais résolument vieux jeu et insuffisamment éclairée, tapissée d'encyclopédies, de dictionnaires, d'annuaires et d'exemplaires d'auteur des œuvres de R... en éditions et traductions multiples. Il s'assit dans un fauteuil de cuir et tira de sa serviette une feuille de papier avec la liste des sujets à discuter. Les deux principales questions étaient : comment modifier certains personnages par trop reconnaissables dans le manuscrit de *Tralatitions*, et que faire de ce titre commercialement impossible.

R... entra sur ces entrefaites. Il ne s'était pas rasé depuis trois ou quatre jours et portait une ridicule salopette bleue qu'il trouvait commode pour loger les outils de sa profession : crayons, stylos à bille, cartes, pinces géantes, élastiques, ses trois paires de lunettes, et – à l'état invisible – le poignard qu'il pointa, après quelques paroles de bienvenue, vers notre Person.

« Je ne puis que répéter », dit-il en s'effondrant dans le fauteuil abandonné par Hugh et en lui indiquant d'un geste un siège jumeau placé en face de lui, « ce que j'ai déjà dit non pas une mais maintes fois : on peut châtrer un chat, mais mes personnages sont inaltérables ! Quant au titre, qui est un synonyme parfaitement respectable du mot "métaphore", un étalon furieux ne me l'arracherait pas. Mon médecin a conseillé à Tamworth de fermer ma cave, ce qu'il a fait, et il a caché la clé, et le serrurier ne peut m'en faire un double avant lundi, et je suis trop fier, ma foi, pour acheter la piquette qu'on vend au village, de sorte que tout ce que je peux vous offrir – vous secouez la tête d'avance et vous avez rudement raison, fiston – c'est du jus d'abricot en conserve. Maintenant, permettez-moi de vous parler titres et diffamations. La lettre que vous m'avez écrite m'a fait voir rouge, ma foi ! On m'a accusé de badiner avec des mineures, mais mes personnages mineurs sont intouchables, si vous me passez ce calembour. »

Sur ce, il expliqua que, si votre artiste authentique avait choisi de composer un personnage à partir d'un individu vivant, toute modification du texte visant à masquer ce personnage équivalait à détruire le prototype vivant ; c'était, ma foi, comme d'enfoncer une épingle dans une petite poupée d'argile : la voisine tombe morte. Si la composition était artistique, étanche tant pour l'eau que pour le vin, alors elle était invulnérable dans un sens, et horriblement fragile dans un autre. Fragile, parce que, lorsqu'un éditeur timoré obligeait l'artiste à changer « svelte » en « grassouillette », ou « brune » en « blonde », il défigurait à la fois l'image et la niche dans laquelle elle se trouvait, et toute la chapelle à l'entour ; invulnérable, car, aussi profondément que vous modifiiez l'image, son prototype demeurait reconnaissable à la forme du vide laissé dans le corps du récit.

Mais, tout cela mis à part, les clients qu'on l'accusait de dépeindre étaient bien trop placides pour manifester leur présence et leur ressentiment. En fait, ils prendraient plutôt un certain plaisir à écouter les commérages des salons littéraires avec un petit air entendu, comme disent les Français.

La question du titre – *Tralatitions* – était une autre salade. Les lecteurs ne se rendaient pas compte qu'il existait deux types de titres. D'une part, il y avait le titre trouvé par l'auteur stupide ou par l'éditeur malin une fois le livre écrit, et *celui-là* n'était qu'une étiquette collée d'une pression de la main – la plupart de nos pires best-sellers avaient ce genre de titre. D'autre part, il y avait l'autre sorte : le titre qui brillait à travers toute l'œuvre comme un filigrane, le titre né avec le livre, le titre auquel l'auteur s'était tellement habitué au cours des années où il avait accumulé ses pages manuscrites qu'il était devenu partie intégrante de chacune d'elles, prises ensemble ou séparément. Non, Mr. R... ne pouvait pas abandonner *Tralatitions*.

Hugh s'enhardit à faire remarquer que la langue tendait à substituer un « l » au deuxième des trois « t ».

« La langue de l'ignorance ! » vociféra Mr. R...

Sa jolie petite secrétaire entra d'un pas léger et déclara qu'il ne devait ni s'énerver ni se fatiguer. Le grand homme se leva avec effort et, debout, tremblant et grimaçant, offrit une grande main velue :

« Eh bien ! dit Hugh, je ne manquerai pas de dire

à Phil combien vous tenez aux points qu'il a soulevés. Au revoir, monsieur, vous recevrez un échantillon de la jaquette la semaine prochaine.

— Alors, à la revoyure », dit Mr. R...

CHAPITRE DIX-NEUF

Nous sommes de retour à New York; c'est leur dernière soirée ensemble.

Après leur avoir servi un excellent dîner (un peu trop riche, peut-être, mais pas surabondant – ni l'un ni l'autre n'était gros mangeur), l'obèse Pauline, la femme de ménage qu'ils partageaient avec le peintre belge du penthouse juste au-dessus, lava la vaisselle et s'en alla à son heure habituelle (environ neuf heures et quart). Comme elle avait une fâcheuse tendance à s'asseoir un petit moment devant la télévision, Armande attendait toujours son départ pour choisir le programme de son goût. Elle pressa la touche, garda l'image un instant, changea de chaîne, et arrêta l'appareil avec un ébrouement de dégoût (ses emballements et ses phobies étaient dénués de toute logique; il lui arrivait de regarder un ou deux programmes avec une régularité passionnée ou au contraire de ne pas toucher au poste de toute une semaine, comme pour punir cette merveilleuse invention d'un délit connu d'elle seule, et Hugh préférait ignorer ses obscures vendettas avec les acteurs ou les speakers). Elle ouvrit un livre, mais, à ce moment-là, la femme de Phil lui téléphona pour l'inviter le lendemain à l'avant-première d'un drame lesbien joué par une troupe de lesbiennes. Leur conversation dura vingt-cinq minutes. Armande prit un ton confidentiel et Phyllis parla d'une voix si sonore que Hugh, assis à une table ronde où il corrigeait un paquet d'épreuves, aurait pu entendre, s'il en avait eu envie, les deux côtés de ce torrent futile. À la place, il se contenta du résumé que lui en fit Armande lorsqu'elle se réinstalla sur le canapé de peluche grise à côté de la fausse cheminée. Comme cela était arrivé à diverses reprises, vers dix heures, on entendit tout à coup, venant d'en haut, une succession de chocs sourds et de raclements des plus discordants: c'était le crétin de l'étage au-dessus qui traînait une lourde sculpture défiant toute compréhension (dans le catalogue: «Pauline anide») du milieu de son atelier jusqu'au coin qu'elle occupait la nuit. Armande réagit comme elle réagissait toujours: elle darda un œil furibond sur le plafond et affirma que, si leur voisin avait été moins sympathique et moins serviable, elle se serait plainte depuis longtemps au gérant de l'immeuble, un cousin de Phil. Lorsque le calme fut rétabli, elle se mit à la recherche du livre qu'elle tenait dans ses mains avant le coup de téléphone. Son mari ressentait toujours une tendresse particulière, qui le réconciliait avec l'assommante et brutale laideur de ce que les gens très heureux nomment «la vie», chaque fois qu'il observait chez elle, si soignée, si efficace, si lucide, la beauté et l'impuissance de la distraction humaine. Il trouva l'objet de sa quête touchante (dans le porte-journaux près du téléphone) et, lorsqu'il le lui tendit, elle lui permit de poser ses lèvres respectueuses sur sa tempe et sur une mèche de cheveux blonds. Puis il retourna aux épreuves de *Tralatitions* et elle à son livre, un guide touristique de la France qui signalait moult restaurants splendides, fourchetés et étoilés, mais fort peu d'« hôtels agréables, tranquilles et joliment situés » avec trois tourelles ou plus – et parfois un petit chanteur rouge perché sur un rameau.

« Voilà une coïncidence amusante, dit Hugh. Un de ses personnages, dans un passage plutôt paillard... À propos, est-ce qu'il faut écrire "Savoie" ou "Savoy" ?

— Quelle était cette coïncidence ?

— Ah ! oui, un de ces personnages consulte le Michelin et dit : "Il y a loin de Condom en Gascogne à Montcuq en Quercy..."

— Le Savoy est un hôtel », dit Armande, et elle bâilla deux fois, la première en serrant les mâchoires, la seconde ouvertement. « Je ne sais pas pourquoi je suis si fatiguée, ajouta-t-elle, mais je sais que tous ces bâillements ne font qu'écarter le sommeil. Je crois que je vais essayer mes nouveaux cachets ce soir.

— Tâche de t'imaginer que tu es en train de descendre une pente parfaitement lisse. Quand j'étais jeune, je jouais au tennis dans ma tête, et cela marchait souvent, surtout avec des balles neuves, toutes blanches. »

Elle resta assise encore un moment, perdue dans ses pensées ; puis elle marqua la page d'un ruban rouge et alla à la cuisine chercher un verre.

Hugh aimait lire deux fois ses séries d'épreuves, la première pour les fautes de typo, la seconde pour les vertus du texte. À son avis, il valait mieux que le contrôle de l'œil précède le plaisir de l'esprit. Il goûtait maintenant ce plaisir, et, sans toutefois chasser la coquille, en profitait pour cueillir tel lapsus réitéré – qu'il vînt de lui ou de l'imprimeur. Il s'autorisait aussi, avec la plus extrême circonspection, à marquer d'un point d'interrogation, dans les marges d'un second jeu d'épreuves destiné à l'auteur, certaines particularités de style et d'orthographe, avec l'espoir que le grand homme comprendrait que c'était la grammaire, et non son génie, qu'il mettait en question.

À la suite d'une longue consultation avec Phil, on avait décidé de ne pas tenir compte des risques de diffamation que pouvait entraîner la franchise avec laquelle R… décrivait sa vie amoureuse compliquée. Il « l'avait payée déjà une fois en solitude et en remords, et il était prêt, maintenant, à payer en argent comptant tous les idiots que son récit pourrait blesser » (citation abrégée et simplifiée de sa dernière lettre). Dans un long chapitre de nature plus libertine (malgré sa grandiloquence) que le parler cru des écrivains à la mode qu'il blâmait, R… dépeignait une mère et sa fille comblant leur jeune amant de caresses pétulantes sur une corniche qui surplombait un gouffre pittoresque et en d'autres lieux moins périlleux.

Hugh ne connaissait pas Mrs. R... assez intimement pour évaluer sa ressemblance avec la matrone du livre (seins croulants, cuisses flasques, grognements de raton laveur pendant l'accouplement et ainsi de suite), mais la fille, par son comportement et ses gestes, sa façon haletante de parler et maints autres traits qu'il ne connaissait pas – sinon, peut-être, inconsciemment – mais qui s'accordaient bien au portrait, était certainement Julia, même si l'auteur *avait* minimisé le caractère eurasien de sa beauté et fait d'elle une blonde. Hugh lisait avec intérêt et application, mais, à travers le flot transparent du texte, il ne cessait de corriger l'épreuve, comme certains d'entre nous essaient de le faire – rectifiant ici une lettre mal imprimée, indiquant là des italiques, l'œil et l'échine (organe principal du vrai correcteur) travaillant à l'unisson plutôt qu'en opposition. Il lui arrivait parfois de se demander ce que telle expression signifiait – quel sens précis suggérait le mot « rimiforme », quel aspect avait une « prune balanique », ou devait-il ajouter un « k » après le « l » ? Le dictionnaire qu'il utilisait chez lui fournissait moins de renseignements que celui – énorme, démantelé – du bureau et il était maintenant réduit à quia par des merveilles telles que « tout l'or d'un ginkgo biloba » et « un nébris pommelé ». Il signala d'un point d'interrogation la particule du nom d'un personnage secondaire, « Adam von Librikov », car sa consonance germanique semblait jurer avec la suite ; ou cet assemblage n'était-il qu'une malicieuse anagramme ? Il finit par biffer son point d'interrogation, mais restaura ailleurs le «Règne de Cnut» – une correctrice subalterne avait estimé qu'il fallait soit en redistribuer les lettres, soit écrire «du knout»: elle était d'ascendance russe, comme Armande.

Notre Person, notre correcteur, n'était pas sûr d'approuver entièrement le style luxuriant et bâtard de R... ; toutefois, dans ses envolées («l'arc-en-ciel gris d'une lune traquée par la brume»), ce style était diaboliquement évocateur. Il se surprit à essayer d'établir sur la foi de données fictives à quel âge, en quelles circonstances, l'écrivain avait commencé à débaucher Julia: était-ce dans son enfance – la chatouillant au bain, embrassant ses épaules mouillées, puis, un beau jour, la portant, enroulée dans une grande serviette, jusqu'à sa tanière, comme dans la délectable description du roman ? Ou bien avait-il flirté avec elle au cours de sa première année à l'université, alors qu'il recevait deux mille dollars pour lire devant un immense public de professeurs et de pékins une de ses nouvelles qui avait déjà fait l'objet de nombreuses rééditions, mais qui était vraiment merveilleuse ? Comme ce serait bien d'avoir *ce* genre de talent !

CHAPITRE VINGT

Il était maintenant onze heures passées. Il éteignit les lumières du living-room et ouvrit la fenêtre. La nuit venteuse de mars trouva quelque chose à palper dans la pièce. Une enseigne électrique, DOPPLER, vira au violet à travers les rideaux à moitié tirés et éclaira les papiers blancs comme la mort qu'il avait abandonnés sur la table.

Il laissa ses yeux s'habituer à l'obscurité de la chambre voisine et entra à pas feutrés. Un ronflement sonore caractérisait habituellement le premier sommeil d'Armande. On ne pouvait s'empêcher d'être stupéfait qu'une jeune femme aussi mince, aussi délicate, pût produire une aussi formidable trépidation. Hugh s'en était inquiété au début de leur mariage: le ronflement pouvait durer toute la nuit. Mais quelque chose, un bruit à l'extérieur, ou un sursaut dans son rêve, ou le raclement de gorge discret d'un mari soumis la faisait bouger, soupirer, claquer des lèvres peut-être, ou se tourner de côté; ensuite, elle dormait en silence. Ce changement de rythme avait apparemment eu lieu pendant qu'il travaillait encore au salon, et, de peur que tout le cycle ne se reproduisît, il essaya de se déshabiller aussi doucement que possible. Par la suite, il se rappela avoir ouvert avec beaucoup de précaution un tiroir particulièrement grinçant (dont il n'avait jamais remarqué la voix en d'autres occasions) afin de changer le caleçon qu'il portait en guise de pyjama. Il étouffa un juron adressé à la stupide plainte du bois et s'abstint de refermer le tiroir ; mais les lames du parquet prirent le relais dès qu'il s'avança sur la pointe des pieds vers son côté du lit conjugal. Est-ce que cela l'avait réveillée ? Oui, vaguement, ou du moins le bruit perça la chape de son sommeil et elle marmotta quelque chose au sujet de la lumière. En fait, rien n'empiétait sur l'obscurité, sauf un rayon oblique provenant du living-room, dont il avait laissé la porte entrebâillée. Il ferma cette porte doucement et gagna le lit à tâtons.

Étendu, les yeux ouverts, il écouta un certain temps un autre petit bruit persistant, le floc-floc d'un radiateur défectueux gouttant sur le linoléum. Vous avez dit que vous étiez sûr de passer une nuit blanche ? Pas exactement. En réalité, il tombait de sommeil et n'éprouvait pas le besoin d'une de ces pilules « Murphy », efficaces à un degré alarmant, qu'il utilisait de temps à autre ; mais, malgré sa somnolence, il sentait des soucis affleurer, prêts à bondir. Quels soucis ? Des soucis ordinaires, rien de très grave ou de particulier. Couché sur le dos, il attendait qu'ils s'amoncellent, ce qu'ils firent de concert avec les traînées pâles qui prenaient furtivement leurs places habituelles sur le plafond, au fur et à mesure que ses yeux s'accoutumaient à l'obscurité. Il se disait qu'une fois de plus sa femme feignait une indisposition féminine pour le tenir à l'écart ; qu'elle le trompait probablement de bien d'autres manières ; que lui aussi l'avait trompée, dans un certain sens, en lui cachant la seule nuit qu'il avait passée avec une autre fille, hors mariage, temporellement parlant, mais dans cette chambre-ci ; que de préparer pour la publication les livres des autres était un métier dégradant ; que, face à son amour pour sa femme, amour toujours plus vif, toujours plus tendre, aucune sorte d'esclavage permanent ou de contrariété passagère ne comptait ; qu'il devrait consulter un ophtalmologiste le mois prochain. Il remplaça une lettre erronée par un « n » et continua à scruter l'épreuve bigarrée qui commençait à remplacer les ténèbres derrière ses paupières closes. Une extrasystole le rendit brutalement à la conscience et il promit à un Hugh non corrigé de limiter sa ration quotidienne de cigarettes à deux battements de cœur.

« Et puis vous vous êtes endormi ?

— Oui. J'ai peut-être encore résisté pour distinguer une ligne du texte qui m'apparaissait de manière vague, mais, oui, j'ai dormi.

— Par à-coups, j'imagine ?

— Non, au contraire, jamais mon sommeil n'a été plus profond. Mais je n'avais dormi que quelques minutes la veille.

— Bon. Maintenant, savez-vous que les psychiatres attachés aux grandes prisons ont tous étudié, entre autres choses, la branche de la thanatologie qui traite des moyens et des méthodes employés dans les cas de mort violente ? »

Person émit une négation lassée.

« Eh bien ! pour parler plus clairement, la police aime connaître l'instrument employé par le délinquant ; le thanatologue désire savoir pourquoi et comment ce dernier s'en est servi. Vous me suivez ? »

Affirmation lassée.

« Les instruments sont, euh... des instruments. En fait, ils peuvent faire corps avec l'ouvrier, comme par exemple l'équerre du menuisier. Ou bien, ils peuvent être de chair et d'os comme ceux-ci » (il saisit les mains de Hugh, les tapota l'une après l'autre, les posa sur ses propres paumes pour les mettre en évidence ou comme s'ils allaient commencer un jeu d'enfants).

On rendit à Hugh ses deux énormes mains comme s'il s'était agi de deux plats vides. Ensuite, on lui expliqua que pour étrangler un adulte jeune deux méthodes étaient couramment employées : l'attaque de front, du travail d'amateur pas trop efficace, et la prise par-derrière, plus professionnelle. Dans la première méthode, les huit doigts serrés encerclent le cou de la victime tandis que les deux pouces lui compriment la gorge ; mais elle peut vous saisir les poignets ou repousser l'assaut d'une autre façon. La seconde manière, beaucoup plus sûre, consiste à presser fortement les deux pouces contre la nuque du garçon, ou de préférence de la jeune fille, et à travailler la gorge avec les autres doigts. Entre confrères, nous appelons la première prise «Pouce» et la seconde «Fingerman». Nous savons que vous avez attaqué par-derrière, mais alors se pose la question : pourquoi, quand vous avez formé le projet d'étrangler votre femme, avez-vous choisi Fingerman ? Est-ce parce que vous aviez instinctivement senti que cette prise brusque et puissante offrait les meilleures chances de réussite ? Ou obéissiez-vous à d'autres considérations, d'ordre subjectif, telles que la pensée qu'il vous répugnerait de voir changer son visage au cours du processus ?

Il n'avait formé aucun projet. Il avait continué à dormir pendant que se perpétrait automatiquement cet acte horrible et ne s'était réveillé qu'au moment où ils avaient atterri tous les deux sur le plancher, à côté du lit.

Il avait déclaré avoir rêvé que la maison brûlait ?

Oui. Des flammes jaillissaient de partout, et tout ce qu'on voyait apparaissait à travers des rubans de plastique écarlate et vitreux. Sa compagne de lit avait ouvert la fenêtre toute grande. Qui elle était ? Elle venait du passé – une pierreuse qu'il avait racolée lors de son premier voyage en Europe quelque vingt ans plus tôt, une malheureuse née de parents de nationalités différentes, quoique Américaine, en fait, et très gentille, qui s'appelait Giulia Romeo, le nom de famille signifie «pèlerin» en italien archaïque, mais nous sommes tous des pèlerins et tous les rêves sont des anagrammes de la réalité diurne. Il avait couru après elle pour l'empêcher de sauter. La fenêtre était grande et basse, avec une large tablette rembourrée et recouverte d'un napperon comme c'était la coutume dans ce pays de glace et de feu. Quels glaciers, quelles aurores ! Giulia, ou Julie, portait une chemise Doppler et son corps lumineux se teignait d'un violet spectral. Elle était couchée sur la tablette de la fenêtre, les bras écartés, agrippés encore à l'embrasure. Penché sur elle, il regarda en bas, et là, très loin au-dessous, dans l'abîme de la cour ou du jardin, des flammes toutes pareilles se tortillaient comme ces langues de papier rouge qu'un ventilateur dissimulé fait onduler autour de fausses bûches de Noël dans les vitrines de fêtes d'enfances enneigées. Bondir, ou tenter de descendre à l'aide du napperon en macramé de la tablette (l'art du macramé était démontré par une vendeuse de magasin à long cou, au type médiéval et vaguement flamand, installée dans un miroir à l'arrière-plan de son rêve) semblait pure folie, et le pauvre Hugh fit tout son possible pour retenir Juliette. Visant la meilleure prise, il lui avait saisi le cou par-derrière, enfonçant ses pouces aux ongles carrés dans la nuque éclairée d'une lumière violette et lui comprimant la gorge de ses huit autres doigts. Une trachée-artère se contorsionnait sur un écran de science-cinéma de l'autre côté de la cour ou de la rue, mais, quant au reste, tout était devenu sécurité et soulagement : il avait bien su retenir Julia et l'eût sauvée d'une mort certaine si dans sa lutte suicidaire pour échapper à l'incendie elle n'avait basculé

Dieu sait comment par-dessus le rebord de la fenêtre, l'entraînant avec elle dans le vide. Quelle chute ! Quelle imbécile de Julia ! Quelle chance que M. Romeo ait encore agrippé, tordu et fait craquer ce cricoïde courbé, comme le montrèrent les radiographies des pompiers et des guides de montagne dans la rue ! Comme ils volèrent ! Superman portant un tendron dans ses bras !

Le choc sur le sol fut beaucoup moins brutal qu'il ne l'avait craint. C'est un morceau de bravoure et non le rêve d'un malade, Person. Je vais devoir faire un rapport. Il s'était fait mal au coude, et la table de chevet d'Armande s'était renversée avec la lampe, une timbale, un livre ; mais, gloire à l'art : elle était sauve, elle était près de lui, elle était étendue, tranquille ! Il tâtonna pour trouver la lampe et l'alluma sans difficulté dans sa position insolite. Un instant, il se demanda ce que sa femme faisait là, couchée à plat ventre par terre, ses cheveux blonds étalés comme si elle volait dans les airs. Puis il regarda, ébahi, ses griffes confuses.

CHAPITRE VINGT ET UN

« Cher Phil,

« Cette lettre est sans doute la dernière que je vous écris. Je vous quitte. Je vous quitte pour un autre Éditeur encore plus grand. Dans Sa Maison, ce seront des chérubins qui corrigeront mes épreuves... ou des diables qui sèmeront des coquilles dans mes livres, selon la section assignée à ma pauvre âme. Adieu donc, cher ami, et puisse votre héritier tirer le meilleur prix de ces pages !

« Si ma lettre est holographe, c'est que je préfère qu'elle ne soit pas lue par Tom Tam ou l'un de ses dactylos mâles. Je suis mortellement malade, après une opération salopée, dans la seule chambre privée d'un hôpital de Bologne. La jeune et gentille infirmière qui la mettra à la poste m'a révélé, avec d'affreux gestes de découpage, une chose pour laquelle je l'ai payée aussi généreusement que je paierais ses faveurs si j'étais encore un homme. En fait, savoir que l'on va mourir est une faveur infiniment plus précieuse que celle de l'amour. Selon ma petite espionne aux yeux d'amande, le grand chirurgien – que son propre foie pourrisse ! – mentait hier lorsqu'il m'a déclaré avec un sourire de tête de mort que l'*operazione* avait été *perfetta*. Parfaite, oui, dans le sens où Euler qualifiait le zéro de nombre parfait ! En réalité, ils m'ont ouvert le ventre, ils ont jeté un regard horrifié sur mon *fegato* avarié, et ils m'ont recousu sans y toucher.

« Je ne vous embêterai pas avec le problème Tamworth. Vous auriez dû voir la suffisance qu'exprimaient les lèvres barbues de cet individu oblong quand il m'a rendu visite ce matin. Comme vous le savez – comme tout le monde le sait, même Marion –, il a réussi à s'immiscer dans toutes mes affaires, se faufilant dans la moindre fissure, collectionnant chacune des paroles que je prononçais avec mon accent allemand, si bien qu'après l'avoir eu sur la bosse de mon vivant, je risque, une fois mort, qu'il ne soit mon Boswell. J'écris également à mon homme d'affaires et le vôtre au sujet des dispositions que je voudrais qu'on prenne après mon départ pour contrecarrer Tamworth à chaque tournant de ses projets labyrinthiques.

« Le seul enfant que j'aie jamais aimé est la ravissante, stupide, perfide petite Julia Moore. Chaque *cent* et chaque centime que je possède, de même que tous les résidus de mes écrits que l'on pourra arracher aux griffes de Tamworth, doivent lui revenir, quelques obscurités et ambiguïtés que puisse contenir mon testament : Sam sait à quoi je fais allusion et agira en conséquence.

« Les deux dernières parties de mon Opus sont

entre vos mains. Je regrette beaucoup que Hugh Person ne soit pas là pour surveiller sa publication. Quand vous répondrez à cette lettre, ne soufflez mot de l'avoir reçue, mais parlez-moi de lui, en vieux bavard qui raconte les derniers potins – une manière de code grâce auquel je saurai que vous pensez à ma lettre. Pourquoi, par exemple, a-t-il été condamné à un an de prison – ou plus ? – si l'on a reconnu qu'il a agi pendant une crise purement épileptique ; pourquoi a-t-il été transféré dans un asile pour fous criminels après la révision de son cas si, comme il a été prouvé, il n'y avait pas eu crime ? Et pourquoi toutes ces navettes entre la prison et la maison de fous pendant les cinq ou six années qui suivirent, si l'on devait finir par l'envoyer dans un établissement privé ? Comment peut-on soigner les rêves, à moins d'être un charlatan ? Soyez assez aimable pour me parler de tout cela, parce que Person était un des êtres les plus sympathiques que j'aie connus, et aussi parce que vous pouvez faire passer dans ce que vous me direz de lui toutes sortes de renseignements secrets à l'intention du malheureux que je suis.

« Malheureux est le mot juste, hélas ! Mon pauvre foie est aussi lourd qu'un manuscrit refusé ; ils arrivent à tenir en respect cette hideuse hyène qu'est la douleur en me faisant de fréquentes injections, mais malgré tout elle est toujours présente *derrière* le mur de ma chair, comme le tonnerre assourdi d'une avalanche permanente qui oblitère là, au-delà de moi, toutes les structures de mon imagination, tous les points de repère de mon moi conscient. C'est comique, mais je me figurais jadis que les moribonds voyaient la vanité des choses, la futilité de la gloire, de la passion, de l'art, et cætera. Je croyais que les souvenirs les plus chers se réduisaient à des traînées d'arc-en-ciel dans l'esprit d'un mourant ; mais maintenant je pense exactement le contraire : mes sentiments les plus quelconques, et ceux des autres, de tous les hommes, ont pris des proportions gigantesques. Tout le système solaire n'est qu'un reflet dans le verre de ma (ou de votre) montre-bracelet. Plus je m'étiole, plus je grandis. Je suppose que c'est un phénomène peu commun. Rejet absolu de toutes les religions jamais rêvées par l'homme et sérénité absolue face à la mort absolue ! Si je pouvais expliquer ce triple absolu dans un seul gros livre, ce livre deviendrait sans aucun doute une nouvelle bible et son auteur le fondateur d'une nouvelle foi. Heureusement pour l'estime que je me porte, ce livre ne sera pas écrit – pas seulement parce qu'un mourant est incapable d'écrire un livre, mais parce que celui-là n'exprimerait jamais d'un seul coup ce qu'on ne peut comprendre qu'*immédiatement.* »

Remarque ajoutée par le destinataire : « Reçu le jour de la mort de l'écrivain. À classer sous : *Repos – R.* »

CHAPITRE VINGT-DEUX

Person avait horreur de la vue et du contact de ses pieds. Leur laideur et leur sensibilité étaient peu communes. Même à l'âge adulte, il évitait de les regarder en se déshabillant. Il échappa donc à cette manie américaine de se promener nu-pieds chez soi – cette régression à travers l'enfance vers une époque plus simple et plus frugale. Quel frisson aigu le parcourait à la seule idée d'accrocher l'ongle d'un orteil dans la soie d'une chaussette (les chaussettes de soie avaient disparu aussi) ! Ainsi frémit une femme au crissement d'une vitre frottée. Ils étaient noueux, ils étaient faibles, ils faisaient toujours mal. Acheter des chaussures équivalait à aller chez le dentiste. Il jeta un long regard d'aversion sur l'article qu'il avait acheté à Brigue en route pour Witt. Rien n'est jamais enveloppé avec un soin aussi diabolique qu'un carton à chaussures. D'arracher le papier soulagea ses nerfs. Il avait déjà essayé une fois cette paire de souliers de montagne marron, intolérablement lourds, dans le magasin. Ils étaient certainement de la bonne taille et tout aussi certainement moins confortables que ne le lui avait assuré le vendeur. Ils prenaient bien le pied, oui, mais de façon oppressive. Il les enfila en poussant un gémissement et les laça en proférant des imprécations. Tant pis, il fallait qu'il les supporte. L'ascension qu'il envisageait ne pouvait se faire dans des chaussures de ville : la première et unique fois qu'il avait tenté l'aventure, il n'avait cessé de perdre l'équilibre sur des plaques de rocher glissantes. Ses chaussures neuves, au moins, s'agrippaient aux surfaces traîtresses. Il se rappela aussi les ampoules infligées par une paire analogue, mais en daim, qu'il avait acquise huit ans plus tôt et jetée à son départ de Witt. Celle de gauche serrait un peu moins que l'autre – boiteuse consolation.

Il se débarrassa de son épaisse veste foncée et mit un vieux blouson. En longeant le corridor, il aborda trois marches avant d'arriver à l'ascenseur. Leur seule raison d'être, pensa-t-il, était de le prévenir qu'il allait souffrir. Mais il éconduisit la petite douleur de l'écorchure et alluma une cigarette.

Fait typique dans les hôtels de second ordre, c'était des fenêtres de l'extrémité nord du corridor que l'on avait la plus belle vue sur les montagnes. Des roches sombres, presque noires, striées de blanc, des crêtes qui se confondaient avec le ciel couvert, maussade ; plus bas, la fourrure des forêts de conifères, plus bas encore, le vert plus clair des champs. Montagnes mélancoliques ! Glorieux agglomérats de gravité !

Le fond de la vallée, avec la bourgade de Witt

et plusieurs hameaux le long d'un étroit cours d'eau, consistait en de mornes petits prés enclos de fil de fer barbelé, dont le seul ornement était un tapis de hautes nigelles en fleur. La rivière était droite comme un canal et entièrement enfouie sous les aulnes. L'œil embrassait un vaste espace mais ne trouvait aucune satisfaction ni dans ce qui était proche ni dans ce qui était lointain, ce boueux sentier de vaches rayant un coteau fraîchement fauché, ou cette plantation de mélèzes enrégimentés sur la pente opposée.

Person commença sa nouvelle visite (il était porté aux pèlerinages comme l'avait été un de ses ancêtres français, poète catholique qui était aussi une sorte de saint) par une promenade à travers Witt jusqu'à un groupe de chalets plantés à flanc de coteau juste au-dessus. La petite ville semblait encore plus laide et plus éparpillée. Il reconnut la fontaine, et la banque, et l'église, et le grand marronnier, et le café. Et puis la poste, avec son banc près de la porte, attendant des lettres qui n'arrivaient jamais.

Il traversa le pont sans s'arrêter pour écouter la rumeur vulgaire du ruisseau qui ne pouvait rien lui dire. La pente était coiffée d'une bordure de sapins, et derrière eux se dressaient d'autres sapins – fantômes brumeux ou arbres de remplacement : en alignement gris sous des nuages de pluie. On avait construit une nouvelle route et de nouvelles maisons avaient poussé, étouffant les rares points de repère qu'il se rappelait ou croyait se rappeler.

Il lui fallait maintenant trouver la Villa Nastia, qui avait gardé l'absurde diminutif russe d'une vieille femme morte. Elle l'avait vendue juste avant sa dernière maladie à un ménage anglais sans enfants. Il jetterait un coup d'œil à la véranda, comme on utilise une enveloppe satinée pour y glisser une image du passé.

À un carrefour, Hugh hésita. Un peu plus loin, une femme vendait des légumes à un étalage en plein air. Est-ce que vous savez, madame... Oui, elle savait, le long de ce chemin qui montait. Tandis qu'elle parlait, un gros chien blanc tout tremblant sortit en se traînant de derrière une caisse ; avec un choc de vaine reconnaissance, Hugh se souvint qu'il s'était arrêté au même endroit huit ans plus tôt et avait remarqué ce chien, qui était déjà assez vieux à l'époque et n'avait bravé un âge fabuleux que pour servir sa mémoire aveugle.

Les alentours étaient méconnaissables – à part le mur blanc. Son cœur battait comme après une dure grimpée. Une petite fille blonde avec une raquette de badminton se baissa pour ramasser son volant sur le trottoir. Plus haut, il repéra la Villa Nastia, peinte maintenant en un bleu céleste. Tous les volets étaient fermés.

CHAPITRE VINGT-TROIS

En choisissant un des sentiers indiqués sur le plan qui menaient dans la montagne, Hugh reconnut un autre détail du passé, à savoir le vénérable inspecteur des bancs – bancs souillés par les oiseaux et aussi vieux que lui – qui pourrissaient dans des recoins ombragés, çà et là, feuillage brun au-dessous, vert au-dessus, le long d'un sentier résolument idyllique grimpant jusqu'à une cascade. Il se souvint de la pipe de l'inspecteur, sertie de pierres de Bohême (en harmonie avec le nez furonculeux de son propriétaire), ainsi que de l'habitude qu'avait Armande d'échanger des propos lestes en suisse allemand avec le vieux bonhomme pendant qu'il examinait des détritus sous un siège fendillé.

La région offrait maintenant aux touristes un plus grand nombre d'ascensions et de téléphériques, sans compter une nouvelle route carrossable de Witt à la station qu'Armande et ses amis gagnaient jadis à pied. En son temps, Hugh avait soigneusement étudié la carte publique, une grande Carte du Tendre ou de la Torture déployée sur un panonceau près du bureau de poste. S'il avait voulu maintenant se rendre confortablement aux pistes du glacier, il aurait pu prendre le nouveau car qui reliait Witt au téléphérique du Drakonita. Mais il tenait à faire la course comme autrefois, de la manière difficile, et traverser au cours de son ascension l'inoubliable forêt. Il espérait que la cabine du Drakonita serait celle de son souvenir – une petite cabine avec deux sièges qui se regardaient. Elle grimpait, suspendue quelque vingt mètres au-dessus d'une tranchée herbeuse, entre des sapins et des aulnes. Toutes les trente secondes environ elle franchissait un pylône avec une secousse et un cliquetis soudains, mais à part cela elle glissait avec dignité.

La mémoire de Hugh avait regroupé en un seul chemin les divers sentiers au milieu des bois et routes de charroi qui conduisaient au premier passage difficile de l'ascension – un fouillis de rocs et des fourrés de rhododendrons à travers lesquels on grimpait pour atteindre la station. Il ne tarda pas à s'égarer, ce qui n'avait rien d'étonnant.

Entre-temps, sa mémoire continuait à suivre son chemin privé. À nouveau il haletait dans le sillage impitoyable d'Armande. À nouveau elle taquinait Jacques, le beau jeune Suisse aux poils fauves et aux yeux rêveurs. À nouveau elle flirtait avec les jumeaux anglais éclectiques, qui appelaient les couloirs « *Cool Wars* » et les arêtes « *Ah Rates* ». Hugh, malgré son formidable physique, n'avait ni les jambes ni les poumons pour maintenir leur allure, même dans son souvenir. Et quand tous les quatre, pressant le pas, eurent disparu avec leurs cruels piolets, leurs rouleaux de corde et autres instruments de torture (équipement exagéré par son ignorance), il se reposa sur un rocher et, regardant vers le bas, crut voir à travers les nuées fuyantes la formation des montagnes mêmes que ses bourreaux avaient foulées, la croûte cristalline se soulevant avec son cœur du fond d'une immémoriale *more* (mer). Mais, généralement, ils insistaient pour qu'il cesse de se traîner après eux avant même de sortir de la forêt – un sinistre agglomérat de vieux sapins, avec des sentiers raides et boueux et des fourrés d'épilobes trempés.

Il grimpait maintenant à travers ce bois, haletant aussi douloureusement que jadis lorsqu'il suivait la nuque dorée d'Armande ou un énorme havresac sur le dos d'un des garçons. Comme alors, la pression de la pointe de son soulier sur son pied droit eut tôt fait d'arracher un bout de peau à l'articulation du troisième orteil: il en résulta un œil rouge dont la morsure accompagna la moindre de ses pensées, même les plus élimées. Il finit par venir à bout de la forêt et arriva à un champ jonché de pierres et à une grange qu'il crut se rappeler, mais le ruisseau dans lequel il s'était baigné les pieds une fois et l'arche abattue qui subitement enjamba le vide du temps dans son esprit n'étaient visibles nulle part. Il poursuivit sa marche. Le jour semblait un peu plus clair, mais un nuage escamota à nouveau le soleil. Le sentier débouchait sur les alpages. Il vit un grand papillon blanc déployé s'abattre sur une pierre. Ses ailes de papier, marbrées de noir et maculées de pourpre fané, avaient des bords transparents, d'une vilaine texture gaufrée, qui frémissaient doucement dans le vent morne. Hugh n'aimait pas les insectes: celui-ci avait l'air particulièrement repoussant. Néanmoins, une bouffée de bienveillance inhabituelle lui fit surmonter l'envie de l'écraser sous une semelle aveugle. Partant de l'idée vague que le papillon devait être fatigué et avoir faim, et serait heureux d'être transféré sur un coussinet de petites fleurs roses tout à côté, il se pencha sur lui, mais, dans un grand bruissement, la bestiole échappa à son mouchoir, battit mollement des ailes pour vaincre la pesanteur, et s'envola énergiquement.

Hugh s'avança jusqu'à un poteau indicateur. Quarante-cinq minutes jusqu'au Lammerspitz, deux heures et demie jusqu'au Rimperstein. Ce n'était pas la direction de la cabine montant au glacier. Les distances indiquées semblaient aussi déprimantes que le délire.

Des roches grises au front bombé sur lesquelles poussaient des plaques de mousse noire et de lichen vert pâle bordaient la piste au-delà du poteau. Il regarda les nuages qui estompaient les pics lointains ou qui s'affaissaient entre eux comme des mottes de saindoux. Valait-il bien la peine de continuer cette ascension solitaire? Était-elle passée par ici, ses semelles avaient-elles un jour imprimé leur dessin compliqué dans cette argile? Il contempla les vestiges d'un pique-nique solitaire: des coquilles d'œuf brisées par les doigts d'un autre marcheur solitaire qui s'était assis là quelques minutes plus tôt, et un sac de plastique froissé dans lequel une succession de rapides mains de femme avaient un jour, à l'aide de petites pinces, mis des rondelles de pommes blanches, des pruneaux noirs, des noix, des raisins secs, la momie poisseuse d'une banane – tout cela digéré maintenant. La grisaille de la pluie engloutirait bientôt tout. Il sentit un premier baiser sur sa calvitie et il retourna à la forêt et au veuvage.

De pareilles journées reposent la vue et permettent aux autres sens de fonctionner plus librement. La terre et le ciel étaient vides de toute couleur. Il pleuvait, pleuvinait, ou ne pleuvait pas du tout, et pourtant il semblait toujours pleuvoir – au sens que seuls certains anciens dialectes nordiques parviennent soit à exprimer verbalement soit à *versionniser*, pourrait-on dire, grâce au fantôme d'un son produit par une bruine vaporeuse tombant sur des rosiers reconnaissants. « Il pleut à Wittenberg, mais non à Wittgenstein. » Plaisanterie obscure dans *Tralatitions*.

CHAPITRE VINGT-QUATRE

Intervenir directement dans la vie d'une personne n'entre pas dans notre champ d'action; d'autre part, tralatitionnement parlant, sa destinée n'est pas une chaîne de maillons prédéterminés: certains événements «futurs» ont plus de chance de se réaliser que d'autres, d'accord, mais ils sont tous chimériques, et tout rapport de cause à effet se déroule toujours au petit bonheur, même si la lunette enserre déjà votre cou, même si la multitude minable retient son souffle.

Si certains d'entre nous se faisaient les champions de Mr. X... tandis qu'un autre groupe soutenait Miss Julia Moore, dont l'intérêt qu'elle portait aux dictatures lointaines, par exemple, se révéla être en complet désaccord avec les idées de son vieux prétendant égrotant, Mr. (aujourd'hui Lord) X..., il n'en résulterait que le chaos. Le plus que nous puissions faire quand nous orientons un favori dans la meilleure direction (dans des circonstances ne nuisant pas à autrui), c'est d'agir tel un souffle de vent et d'appliquer la pression la plus légère, la plus indirecte, comme d'*essayer* de provoquer un rêve que notre favori, nous l'*espérons*, croira avoir été prophétique si un événement probable se produit réellement. Sur la page imprimée, il faudrait aussi mettre en italique les mots «probable» et «réellement», *légèrement* du moins, pour suggérer le *léger* souffle de vent qui incline ces caractères (dans le sens double de signes et de personnages). En fait, nous dépendons des italiques encore plus que les auteurs de livres d'enfants qui recherchent la cocasserie.

On peut comparer la vie humaine à une personne qui danserait autour d'elle-même sous divers aspects : ainsi, les légumes de notre premier livre d'images encerclaient un petit garçon dans son rêve – un concombre vert, une aubergine bleue, une betterave rouge, le père Pomme de Terre, le fils Pomme de Terre, une fillette-asperge, oh ! et bien d'autres, leur ronde tournoyante s'emballant et formant peu à peu un anneau transparent de bandes de couleurs autour d'une personne ou d'une planète morte.

Il y a autre chose que nous ne sommes pas censés faire, c'est d'expliquer l'inexplicable. Les hommes ont appris à vivre sous le poids d'un noir fardeau, d'une énorme et douloureuse bosse : l'hypothèse que la «réalité» n'est peut-être qu'un «rêve». Ce serait infiniment plus terrible si le seul fait d'être conscient qu'on est conscient de la nature onirique de la réalité était un rêve aussi, une hallucination que l'on s'est construite ! Il ne faudrait pas perdre de vue, cependant, qu'il n'y a pas de mirage sans disparition, tout comme il n'y a pas de lac sans une boucle de terre ferme.

Nous avons montré notre besoin de guillemets («réalité», «rêve»). Incontestablement, les signes dont Hugh Person constelle encore les marges des épreuves possèdent une valeur métaphysique ou zodiacale! «Tu es poussière et tu retourneras à la poussière» (les morts frayent volontiers, voilà qui est tout à fait sûr, au moins). Dans l'un des asiles d'aliénés de Hugh, un malade, mauvais homme mais bon philosophe, alors en phase terminale (expression hideuse que ne peuvent guérir aucuns guillemets), a inscrit dans l'Album des Asiles et des Prisons de notre Person (sorte de journal qu'il tint pendant toutes ces terribles années):

> Il est généralement admis que, si l'homme arrivait à prouver la réalité de la survie après la mort, il résoudrait également, ou serait en bonne voie de résoudre, l'énigme de l'Être. Hélas! les deux problèmes ne se chevauchent ou ne se confondent pas nécessairement.

Nous changerons de sujet sur cette remarque bizarre.

CHAPITRE VINGT-CINQ

Qu'avais-tu espéré de ton pèlerinage, Person ? Seulement un autre reflet dans le miroir de tourments blanchis par les ans ? De la compassion de la part d'une vieille pierre ? La re-création acharnée de broutilles irrécupérables ? La recherche du temps perdu dans un sens totalement différent de l'affreuse phrase de Goodgrief : « Je me souviens, je me souviens de la maison où je suis né », ou la vraie quête de Proust ? Ici, il n'avait jamais ressenti qu'ennui et amertume (sauf une fois, à la fin de sa dernière ascension). Quelque chose d'autre lui avait fait revisiter ce morne et terne Witt.

Pas l'appel des fantômes. Qui hanterait des morceaux de matière à moitié oubliés (il ne savait pas que Jacques gisait sous six pieds de neige à Chute, Colorado), des itinéraires incertains, une cabane qu'un maléfice quelconque l'empêchait d'atteindre et dont le nom, d'ailleurs, s'était inextricablement confondu avec « Draconite », un stimulant qu'on ne fabrique plus mais dont on peut toujours voir la réclame sur des palissades et même des parois de rocher ? Quelque chose qui avait un rapport avec l'apparition de spectres l'avait pourtant poussé à venir d'un autre continent jusqu'ici. Éclaircissons un peu cela.

Presque tous les rêves dans lesquels elle lui était apparue après sa mort avaient eu pour cadre non pas l'hiver américain mais les montagnes suisses et les lacs italiens. Il n'avait même pas retrouvé l'endroit dans les bois où une joyeuse bande de petits marcheurs avait interrompu un baiser inoubliable. Ce dont il avait besoin, c'était d'un point de contact avec l'image essentielle d'Armande dans un cadre absolument conforme à son souvenir.

À son retour à l'hôtel Ascot il dévora une pomme, retira ses souliers poissés de glaise avec un grognement de dégoût, et, sans se soucier de ses écorchures et de ses chaussettes humides, enfila avec soulagement ses chaussures de ville ; puis il s'attela à nouveau à la torturante tâche.

Estimant qu'un petit coup de pouce visuel pourrait lui remettre en mémoire le numéro de la chambre qu'il avait occupée huit ans auparavant, il parcourut le couloir du troisième étage d'un bout à l'autre, et, après n'avoir obtenu, numéro après numéro, que des regards vides… s'arrêta : l'expédient avait joué. Il vit un 313 très noir sur une porte très blanche et se souvint d'un seul coup d'avoir dit à Armande (qui avait promis de venir le voir mais ne tenait pas à se faire annoncer) : « Mnémoniquement, imagine-toi trois petites silhouettes vues de profil : un prisonnier qui passe, avec un gardien devant et un autre derrière. »

Armande avait répondu que c'était trop compliqué pour elle et qu'elle inscrirait tout bonnement le numéro dans le petit carnet qu'elle avait dans son sac.

Un chien jappa de l'autre côté de la porte: signe, se dit-il, que la chambre était concrètement occupée. Néanmoins, il rapporta de son expédition un sentiment de satisfaction, la conviction d'avoir retrouvé un fragment important de ce passé particulier.

Il descendit ensuite au rez-de-chaussée et demanda à la blonde réceptionniste de téléphoner à l'hôtel de Stresa pour savoir si on pouvait lui réserver pour deux jours la chambre que Mr. et Mrs. Hugh Person avaient occupée huit ans plus tôt. Le nom de l'hôtel, dit-il, se prononçait «Beau Roméo». Elle le répéta sous sa forme correcte, mais ajouta qu'elle n'aurait peut-être pas la communication avant quelques minutes. Il attendrait au salon.

Celui-ci n'était occupé que par deux personnes, une femme qui prenait une collation à l'autre bout de la pièce (le restaurant n'était pas ouvert, faute d'avoir été nettoyé après une rixe risible), et un homme d'affaires suisse qui feuilletait un vieux numéro d'une revue américaine (laissée là par Hugh huit ans plus tôt, en fait, mais personne ne s'était penché sur cette ligne de vie). À côté du monsieur suisse, une table était jonchée de prospectus d'hôtels et de journaux relativement récents. Son coude reposait sur le *Transatlantic*. Hugh tira sur la revue et le monsieur suisse se redressa comme mû par un ressort, dans son fauteuil. Les excuses et les contre-excuses s'épanouirent en une conversation. L'anglais de M. Wilde avait beaucoup de traits communs avec celui d'Armande, tant dans la grammaire que dans l'intonation. Il avait été choqué outre mesure par un article du *Transatlantic* de Hugh (il le lui emprunta un instant, mouilla son pouce, trouva l'endroit, gifla la page du revers de ses doigts et rendit le magazine ouvert sur l'article outrageant).

« On parle ici d'un homme qui a assassiné son épouse il y a huit ans et qui... »

La réceptionniste, dont il pouvait apercevoir le buste et le bureau en miniature depuis l'endroit où il était assis, lui faisait signe de loin. Elle sortit précipitamment de son enclos et s'avança vers lui.

« On ne répond pas, dit-elle. Voulez-vous que j'essaie encore ?

— Oui, oui », dit Hugh en se levant et en heurtant quelqu'un (la femme, qui avait enveloppé le gras de son jambon dans une serviette en papier et quittait le salon). « Oh ! excusez-moi ! Oui, bien sûr. Appelez les renseignements ou je ne sais qui. »

Eh bien ! cet assassin avait été condamné à vie huit ans plus tôt (il y avait huit ans aussi que Person avait *reçu* la vie, mais il l'avait dilapidée, dilapidée tout entière dans un rêve de malade !), et voilà que tout à coup on le relâchait, parce que, figurez-vous, il avait été un détenu exemplaire et avait même appris à ses compagnons de cellule des choses comme les échecs, l'espéranto (c'était un espérantiste farouche), la meilleure recette de tarte au potiron (il était aussi pâtissier de son métier), les signes du zodiaque, le gin-rummy, et cætera, et cætera. Il y a des gens, hélas ! pour qui un gal n'évoque qu'une unité d'accélération, géodésiquement parlant.

C'était *appalling*, poursuivit le monsieur suisse, se servant d'une expression qu'Armande tenait de Julia (maintenant Lady X...), vraiment *appalling* de voir comme on dorlotait les criminels de nos jours. Aujourd'hui même, un serveur coléreux que l'on accusait d'avoir volé une caisse de dôle de l'hôtel (que M. Wilde ne recommandait pas, entre parenthèses) avait répondu au maître d'hôtel en lui faisant un bel œil au beurre noir. Est-ce que son interlocuteur croyait que l'on avait appelé la police ? Non, *mister*, pas du tout. Eh bien ! à un niveau supérieur (ou inférieur), la situation était identique. Le monsieur bilingue s'était-il jamais penché sur le problème des prisons ?

Oh ! oui. Il avait lui-même été incarcéré, hospitalisé, réincarcéré et jugé deux fois pour avoir étranglé une jeune Américaine (maintenant Lady X...) : « À un moment donné, j'ai eu un compagnon de cellule monstrueux – pendant toute une année. Si j'étais poète (mais je ne suis que correcteur), je vous décrirais la nature céleste de la réclusion solitaire, la béatitude que donnent des W.-C. immaculés, la liberté de pensée dans la prison idéale. Le but des prisons » (il sourit à M. Wilde, qui regardait sa montre et ne voyait pas grand-chose, du reste) « n'est certainement pas de guérir le meurtrier, ni simplement de le châtier (comment châtier un homme qui a tout sur lui, en lui, autour de lui ?). Leur seul but, un but terre à terre, mais le seul qui soit logique, c'est d'empêcher un meurtrier de commettre un autre meurtre. La réhabilitation ? La liberté conditionnelle ? Un mythe, une plaisanterie. Les brutes ne s'amendent pas. Les petits voleurs ne méritent pas d'être rééduqués (dans leur cas, le châtiment suffit). De nos jours, certaines tendances déplorables sont courantes dans des milieux *soi-disant* avancés. Pour parler avec concision, un tueur qui se considère comme une victime est non seulement un assassin mais un imbécile.

— Il est temps que je parte, dit le pauvre, imperturbable Wilde.

— Les hôpitaux, les asiles psychiatriques, je connais tout cela aussi. Vivre dans une salle d'hôpital au milieu d'une trentaine de fous délirants est un enfer. J'ai simulé la violence pour être mis au cachot ou enfermé dans la section de haute surveillance, paradis ineffable pour des malades comme moi. Ma seule chance de rester sain d'esprit, c'était de jouer les débiles. Le chemin était épineux. Une belle infirmière musclée aimait me donner une bonne gifle entre deux revers… et je retournais à ma solitude bénie. Je dois ajouter que chaque fois que l'on examina mon dossier le psychiatre de la prison affirma que je refusais de discuter ce qu'il appelait dans son jargon professionnel "le sexe conjugal". Je suis tristement heureux de dire, tristement fier aussi, que ni les gardiens (certains sont humains et pleins d'esprit) ni les inquisiteurs freudiens (tous des imbéciles ou des imposteurs) n'ont réussi à briser ou à changer de quelque autre façon le triste individu que je suis. »

M. Wilde, le prenant pour un ivrogne ou un fou, s'était éloigné à pas pesants. La jolie réceptionniste (la chair est la chair, l'aiguillon rouge est le *red sting*, et mon amour ne m'en voudrait pas) avait recommencé à faire des signes. Il se leva et se dirigea vers le bureau. L'hôtel de Stresa était en réparation à la suite d'un incendie. Mais (joli index tendu)...

Toute sa vie, nous avons plaisir à le noter, notre Person avait éprouvé la curieuse sensation (connue de trois théologiens célèbres et de deux poètes mineurs) qu'il existait derrière lui – quasi à son épaule – un inconnu plus grand, incroyablement plus sage et plus fort que lui, qui lui était moralement supérieur. C'était en réalité son principal « compagnon ombral » (un critique rustaud avait pris R... à partie pour cette expression), et nous ne nous serions pas donné la peine de parler de notre cher Person s'il n'avait été suivi de cette ombre transparente. En franchissant les quelques mètres qui séparaient son fauteuil du cou adorable, des lèvres pleines, des longs cils, des charmes voilés de la jeune fille, Person avait eu l'impression que quelque chose ou quelqu'un lui conseillait vivement de quitter Witt sur-le-champ pour Vérone, Florence, Rome, Taormine, si Stresa n'était pas possible. Il n'écouta pas l'avertissement de son ombre, et, dans le fond, il eut peut-être raison. Nous pensions qu'il avait encore devant lui quelques années de plaisir animal; nous étions tout prêts à pousser cette fille dans son lit, mais après tout c'était à lui de décider, à lui de mourir s'il le désirait.

Mais! (un rien plus fort que *but* et même que *however*) elle avait de bonnes nouvelles pour lui. Il avait émis le souhait de descendre au troisième, n'est-ce pas? Eh bien! il pourrait le faire ce soir. La dame au petit chien s'en allait avant le dîner. C'était une histoire assez amusante. Le mari, semblait-il, s'occupait de chiens dont les maîtres devaient s'absenter. Lorsqu'elle partait en voyage, la dame emmenait généralement une de ces petites bêtes, choisie parmi les plus mélancoliques. Ce matin, son mari avait téléphoné pour dire que le maître du petit chien était rentré de voyage plus tôt que prévu et le réclamait à cor et à cri.

CHAPITRE VINGT-SIX

Le restaurant de l'hôtel, endroit plutôt sinistre meublé en style rustique, était loin d'être plein, mais on attendait deux familles nombreuses pour le lendemain et il devait y avoir, ou il y aurait eu (les plis de la conjugaison sont en grand désordre en ce qui concerne le bâtiment dont il est question) une bonne petite fournée d'Allemands pendant la seconde quinzaine d'août – qui était moins chère. Une jeune fille assez laide, dont le costume folklorique découvrait une large étendue de poitrine crémeuse, avait remplacé le plus jeune des deux serveurs, et un bandeau noir cachait l'œil gauche de l'inflexible maître d'hôtel. Notre Person devait emménager dans la chambre 313 aussitôt après le dîner ; il fêta l'événement proche en étanchant judicieusement sa soif – un Bloody Ivan (vodka et jus de tomate) avant la soupe aux pois, une bouteille de vin du Rhin avec le porc (déguisé en « côtelettes de veau ») et un double marc avec son café. M. Wilde regarda de l'autre côté quand l'Américain loufoque ou drogué passa devant sa table.

La chambre était exactement comme il la voulait ou l'avait voulue (encore cet enchevêtrement de temps !) pour la visite d'Armande. Le lit, dans le coin sud-ouest, était caparaçonné avec soin, et la femme de chambre qui allait ou pourrait frapper dans un moment pour le préparer ne fut pas ou ne serait pas admise – si les entrées et les sorties, les portes et les lits existaient toujours. Sur la table de nuit, un paquet de cigarettes plein et un réveil de voyage voisinaient avec une boîte bien emballée contenant la statuette verte d'une skieuse qui brillait à travers le double revêtement. La petite descente de lit, simple serviette promue à cette dignité et du même bleu pâle que le couvre-lit, était encore pliée sous la table de nuit, mais puisque Armande refusait par avance (capricieuse ! guindée !) de rester jusqu'au point du jour, elle ne verrait pas, elle ne verrait jamais, la petite carpette faire son devoir, c'est-à-dire recevoir le premier rectangle de soleil et le premier contact des orteils ornés d'emplâtres adhésifs de Hugh. Un bouquet de campanules et de centaurées (leurs teintes différentes s'affrontaient en une querelle d'amoureux) avait été placé soit par le sous-directeur, qui respectait les sentiments, soit par Person lui-même, dans un vase sur la commode à côté de la cravate que Hugh y avait jetée et qui était d'une troisième teinte de bleu, mais d'un tissu différent (de la séricanette). Avec une mise au point optimale on pourrait voir un mélange de choux de Bruxelles et de purée de pommes de terre entremêlé d'une viande rosâtre avancer rapidement dans les entrailles de Person; on distinguerait également, dans ce paysage de serpents et de cavernes, deux ou trois pépins de pommes, humbles voyageurs d'un repas précédent. Son cœur avait la forme d'une larme, et il était trop petit pour un aussi grand gaillard.

Si nous revenons au bon niveau, nous voyons l'imperméable noir de Person accroché à une patère et la veste de son costume anthracite sur le dossier d'une chaise. Sous le bureau lilliputien plein de tiroirs inutiles, dans le coin nord-est de la pièce, qu'éclaire une lampe, le fond de la corbeille à papier, que le valet a vidée un peu plus tôt, a conservé une tache de graisse et un lambeau de serviette en papier. Le petit loulou dort sur le siège arrière d'une Amilcar que la dame du chenil conduira jusqu'à Trux.

Person alla à la salle de bains, vida sa vessie et hésita à prendre une douche, mais elle pouvait arriver à tout moment maintenant – *si* elle venait! Il mit son élégant chandail à col roulé et trouva un dernier cachet contre l'acidité dans une poche de sa veste dont il se souvenait mais qu'il ne put pas repérer tout de suite (curieux, ce mal qu'ont certaines personnes à distinguer d'un seul coup d'œil le côté gauche du côté droit d'une veste posée sur le dos d'une chaise). Elle disait toujours que les vrais hommes devaient avoir une tenue impeccable, mais qu'ils ne devaient pas se baigner trop souvent. Une mâle odeur de « gousset » pouvait, disait-elle, être extrêmement plaisante dans certains face-à-face, et seules les dames et les femmes de chambre devaient user de désodorisants. Jamais, de toute sa vie, il n'avait attendu quelqu'un ou quelque chose avec tant d'impatience. Son front était moite, il tremblait, le corridor était long et silencieux. Les rares occupants de l'hôtel étaient pour la plupart en bas, au salon, en train de bavarder ou de jouer aux cartes ou simplement d'osciller béatement sur le doux seuil du sommeil. Il enleva le couvre-lit et posa sa tête sur l'oreiller alors que les talons de ses chaussures étaient encore en contact avec le plancher. Les néophytes aiment à observer des bagatelles aussi fascinantes que le creux léger d'un oreiller vu à travers le front, l'os frontal, le cerveau ondoyant, l'os occipital, l'arrière de la tête et la chevelure noire d'une personne. Au commencement de notre nouvel être, toujours enchanteur, parfois terrifiant, cette sorte de curiosité innocente (un enfant qui joue avec les reflets fuyants de l'eau d'un ruisseau, une religieuse africaine dans un couvent arctique qui touche avec ravissement la fragile aigrette de son premier pissenlit) n'est pas inhabituelle, surtout si l'on suit une personne de sa jeunesse à sa mort. Person, *cette* personne, était sur le bord imaginé d'une béatitude imaginée au moment où les pas d'Armande s'approchèrent – biffant les deux « imaginés » dans la marge du correcteur (jamais trop large pour les corrections et les questions !). C'est là que l'orgasme de l'art se répand dans toute l'échine avec infiniment plus de force que l'extase sexuelle ou la panique métaphysique.

À cet instant de l'apparition progressive, désormais ineffaçable, d'Armande à travers la porte diaphane de sa chambre, il ressentit l'exaltation que connaît le touriste lorsque son avion décolle et que – pour employer une métaphore néo-homérique – la terre bascule puis reprend sa position horizontale : en un rien d'espace-temps, pour ainsi dire, on se retrouve à des milliers de pieds au-dessus du sol, les nuages (de légers nuages ouatés, très blancs, séparés par des intervalles plus ou moins grands) semblent couchés sur la plaque de verre d'un laboratoire céleste, et à travers ce verre, très loin au-dessous, on aperçoit des morceaux de terre couleur de pain d'épice, le flanc balafré d'une colline, un lac rond, indigo, le vert sombre d'un bois de pins, les incrustations des villages. Voici l'hôtesse de l'air qui apporte des boissons colorées, et c'est Armande qui vient d'accepter sa demande en mariage, bien qu'il lui ait fait remarquer qu'elle surestimait beaucoup de choses, comme les plaisirs des réceptions new-yorkaises, l'importance de sa situation, un héritage à venir, la papeterie de son oncle, les montagnes du Vermont… et voici que l'avion explose dans un rugissement et une quinte de toux.

En toussant, notre Person s'assit dans l'obscurité asphyxiante et tâtonna pour trouver la lumière, mais le déclic fut aussi inefficace que la volonté de remuer un membre paralysé. Comme le lit de sa chambre du quatrième était orienté différemment (au nord), il se dirigea vers la porte et l'ouvrit toute grande, au lieu d'essayer de fuir, comme il croyait pouvoir le faire, par la fenêtre entrouverte, qui bâilla davantage dès que le fatal courant d'air aspira la fumée du corridor.

Le feu, alimenté d'abord par des chiffons imbibés de pétrole déposés dans le sous-sol et stimulé ensuite par un liquide plus volatile, judicieusement vaporisé çà et là dans l'escalier et sur les murs, se propagea rapidement à travers l'hôtel – mais « heureusement », comme devait le constater le lendemain matin le journal du pays, « on ne déplore que quelques victimes grâce au fait que quelques chambres seulement étaient occupées ».

Les flammes montaient maintenant l'escalier, par paires, en trios, en file indienne, main dans la main, langue sur langue, conversant et chantonnant joyeusement. Ce ne fut pas la chaleur de leur rayonnement mais l'âcre fumée noire qui força Person à battre en retraite à l'intérieur de la chambre ; pardon, dit une flammèche courtoise en maintenant ouverte la porte qu'il tentait vainement de refermer. La fenêtre claqua avec une telle violence que ses vitres éclatèrent en un torrent de rubis, et il se rendit compte, avant de mourir étouffé, que la tempête qui se déchaînait à l'extérieur soutenait l'incendie qui faisait rage à l'intérieur. Finalement, l'asphyxie le poussa à essayer de s'échapper par la façade, mais il n'y avait ni corniches ni balcons de ce côté-là de l'édifice mugissant. Au moment où il atteignit la fenêtre, une longue flamme à la pointe couleur lavande grimpa en dansant jusqu'à lui et lui barra le chemin d'un geste gracieux de sa main gantée. Des cris d'hommes et de femmes lui parvinrent en même temps que s'écroulaient des cloisons de plâtre et de bois, et l'une de ses dernières idées fausses fut de croire que c'étaient les appels de gens qui essayaient de le secourir, et non les hurlements de ses semblables. Des anneaux de couleurs floues se mirent à tournoyer autour de lui, lui rappelant fugitivement une image d'un livre terrifiant de son enfance où l'on voyait des légumes triomphants tourbillonner de plus en plus vite autour d'un petit garçon en chemise de nuit qui essayait désespérément de s'éveiller du vertige iridescent de la vie des rêves. La dernière vision du rêve fut celle d'un livre – ou d'une boîte – devenu incandescent, entièrement creux et transparent. Et je crois que c'est bien *cela* : non pas la grossière angoisse de la mort physique, mais les affres incomparables de la mystérieuse manœuvre mentale nécessaire pour passer d'un état de l'être à un autre.

Vas-y doucement, mon petit !

DU MÊME AUTEUR

CHAMBRE OBSCURE *(Laughter in the Dark), roman*, Grasset, 1934, 1959.

LA COURSE DU FOU *(The Defense), roman,* Fayard, 1934, repris sous le titre LA DÉFENSE LOUJINE, nouvelle traduction, Gallimard, 1964.

L'AGUET *(The Eye), roman,* Fayard, 1935, repris sous le titre LE GUETTEUR, nouvelle traduction, Gallimard, 1968.

LA MÉPRISE *(Despair), roman,* Gallimard, 1939, 1959.

LA VRAIE VIE DE SEBASTIAN KNIGHT *(The Real Life of Sebastian Knight), roman,* Albin Michel, 1951, Gallimard, 1962.

NICOLAS GOGOL *(Nikolaï Gogol), essai,* La Table Ronde, 1953, nouvelle traduction, Rivages, 1988.

LOLITA *(Lolita), roman,* Gallimard, 1959.

INVITATION AU SUPPLICE *(Invitation to a Beheading), roman,* Gallimard, 1960.

AUTRES RIVAGES *(Speak, Memory), souvenirs,* Gallimard, 1961, édition revue et augmentée, 1989.

PNINE *(Pnin), roman,* Gallimard, 1962.

FEU PÂLE *(Pale Fire), roman,* Gallimard, 1965.

LE DON *(The Gift), roman,* Gallimard, 1967.

ROI, DAME, VALET *(King, Queen, Knave), roman,* Gallimard, 1971.

ADA OU L'ARDEUR *(Ada or Ardor: a Family Chronicle), roman,* Fayard, 1975.

L'EXTERMINATION DES TYRANS *(Tyrants Destroyed and Other Stories), nouvelles,* Julliard, 1977.

REGARDE, REGARDE LES ARLEQUINS ! *(Look at the Harlequins !), roman,* Fayard, 1978.

BRISURE À SENESTRE *(Bend Sinister), roman,* Julliard, 1978.

LA TRANSPARENCE DES CHOSES *(Transparent Things), roman,* Fayard, 1979.

UNE BEAUTÉ RUSSE *(A Russian Beauty), nouvelles,* Julliard, 1980.

L'EXPLOIT *(Glory), roman,* Julliard, 1981.

MACHENKA *(Mary), roman,* Fayard, 1981.

MADEMOISELLE O *(Nabokov's Dozen), nouvelles,* Julliard, 1983.

LITTÉRATURES I *(Lectures on Literature), essais,* Fayard, 1983.

LITTÉRATURES II *(Lectures on Russian Literature), essais,* Fayard, 1985.

DÉTAILS D'UN COUCHER DE SOLEIL *(Details of a Sunset), nouvelles,* Julliard, 1985.

INTRANSIGEANCES *(Strong Opinions), interviews,* Julliard, 1985.

LITTÉRATURES III *(Lectures on Don Quixote), essais*, Fayard, 1986.

L'ENCHANTEUR *(The Enchanter), roman,* Rivages, 1986.

L'HOMME DE L'U.R.S.S. ET AUTRES PIÈCES *(The Man from the U.S.S.R.), théâtre,* Fayard, 1987.

CORRESPONDANCE NABOKOV-WILSON, 1940-1971 *(The Nabokov-Wilson Letters, 1940-1971),* Rivages, 1988.

LA VÉNITIENNE, *nouvelles,* Gallimard, 1991.

Composition Infoprint.
Impression S.E.P.C. à Saint-Amand (Cher),
le 15 octobre 1993.
Dépôt légal : octobre 1993.
Numéro d'imprimeur : 2611.
ISBN 2-07-038690-2./Imprimé en France.

63663